寻找唯一的真相

现代悬疑馆 | 维克托·洛达托

月亮也厌弃的墓地

Mathilda Savitch

〔美〕维克托·洛达托 著
Victor lodato
龙淑珍 译

中国出版集团
现代出版社

本书既让人愉快，又心生厌恶；是一个能让你感到绝望的同时享受到乐趣的故事。

——《纽约生活志》

离奇的成长故事，不一样的悬疑小说……洛达托巧妙地、甚至略带诗意地碰触了女孩们成长过程中的雷区。

——《波士顿环球报》

孩子生性天真，
热爱正义，
而大多数我们成年人却极其邪恶，
自然喜欢得到宽恕。

——G. K. 切斯特顿

目录

世界上存在着美好的事物，
同时，
也有悲伤。

我想象着，
妈妈赤裸裸地躺在旅馆浴缸中，
爸爸倒入无数桶钱币。

她心里留下的所有故事都会消失。
不过我想所有人最终结局都是一样。
为什么我要关心海琳的故事？

如果那天死的人是我，
她会花那个时间去写我的故事吗？

第一章
我想变得可怕

我想变得可怕。
我想做可怕的事情。
为什么不呢？
我的生活是如此枯燥无味。

我想变得更坏。
我做错了事情，
男孩们都指给我看。

1

我想变得可怕。我想做可怕的事情。为什么不呢？我的生活是如此枯燥无味。正如现在，虽然是晚上，但又没到睡觉的时间，出去又太晚。爸爸妈妈在看书，他们的眼睛就像复印机里面的光线一样移动着。今天晚上，当我把碗盘放到洗碗机里面时，不小心打破了一个盘子。我跟妈妈道歉，说盘子自己滑下去了。其实不是这样的，但这就是我，我想变得更坏。

我做错了事情，男孩们都指给我看。扯下蜘蛛的脚，诸如此类。邻居凯文·莱德和他的朋友都允许我进入他们的城堡。但那都是好几年前的事情了，当时我只是个孩子，所以是男是女没有关系。换成现在，如果进入他们的城堡，我想应该是“犯法”的事情了吧。我妈妈制定的“法律”。她不解：“为什么你不能待在家里呢？”每一次我走到门外，她都会叮嘱我小心。可我认为，她只是说说罢了，实际上她是有多关心呢？在她想起我的时候，或许心里是在想别的什么人呢。

对此，我产生怀疑。不管怎样，男孩们现在还拥有城堡吗？或许在很久以前，都被毁坏了。毕竟这只是一个用枝条、毛毯和树叶设计而成的木制城堡。这种东西通常都很脆弱，无法永存。

并且，我现在对自己的身体状况有所了解，过去我并不知道。我肯定的是，并不是因为昔日的天真。

其实要变得可怕很简单，你只要让自己成为一个令人畏惧的人，使其成为你身上唯一的个性特点。有的时候我会掐一下路克。路克是我们家养的狗。不过，不是所有的狗你都能随便掐，有的狗是会咬人的。幸好路克年纪比较大，很痴情，对所有人都极其友爱，所以它从来都不会咬人。平常，我都会很宠它、抱紧它几分钟，再突然掐它一下。然后它就会吠起来，并在屋子里打转，寻找那个掐它的神秘人。它甚至从来都没有怀疑过我，由此看出，它的爱是多么的盲目啊。可是，假如你拿枪指着我的头问我，到底爱不爱这只小狗？我想我一定会无奈地告诉你，我很爱这只愚蠢的狗。它会永远跟我在一起，并睡在我的床上。

假如你想知道，我就是出生在这个房子里，和这只狗尤其是这两个老师住在一起。这是一栋蓝色的房子。从外表看上去，你肯定会觉得它像一张脸，这是它窗户设计的方式。窗户构成了它的眼睛、它的鼻子，而大门则像是它的嘴巴。每一次我回到家，都会跟它打招呼：“你好！房子！”从我记事起，每天都会这么做。有时候，我也会对着它讲一些其他的事情，比打招呼好一点，不过，我不会告诉任何人。我有自己的秘密，以后还会有更多。

如果有一天，我看到一个故事：一个小女孩死了，人们解剖她的尸体时，发现她肚子里面有一块金色的盒坠以及鸟儿的羽毛，没有人会明白。这个女孩正是我。这就是我的故事，除了那些在我肚子里面找到的东西之外，其他的事情谁知道呢？很显然，这是一个值得深思的问题。

我看了一眼正在看书的他们，我想，爸爸和妈妈已经变成石头了。那个真正坐立不安的人在哪儿？我问自己。难道是我吗？接着，我看到书上下移动了一点，知道爸爸和妈妈正叹着气感谢上帝。路克像一摊较大的毛皮躺在地毯上睡觉。突然，这家伙放了个屁，一只眼睛弹了开来。它心想，噢！那是什么？谁在那里？如同一只看门狗，它无法区分什么是屁，什么是窃贼。而且它又懒得去调查、研究。只要不是偷它睡觉的地毯，其他有什么关系呢。我完全能够读懂它在想什么。看来，动物精神治疗师的工作非常适合我。不过，我唯一不能理解的动物就是鸟类。鸟是动物世界的疯狂者。你曾经观察过它们吗？天啊，它们真的太疯癫了！哪怕它们在唱歌，我也不能百分之百相信它们。

我讨厌这种安静的氛围。除了散发着狗屁的臭味之外，别无其他。我几乎感觉自己快成了一个失去听觉的人。在我这个位置的人开始思考问题、死亡。关于死亡和时间，为什么有时候在晚上，我会感到害怕呢？坐在这里，看着他们两个人在看书，几乎没有呼吸，只是上下移动这些书，就像海面上的漂浮物。另外一个问题就是，妈妈喝醉了，可是谁会管她呢？还是闭上嘴巴，顾好自己就行了，我心想。《她是一个在巴黎的自由人》。这是一首只要家里有音乐，妈妈一定会唱的歌。当然，这是很久很久以前的事情了。

噢！无边无际的距离！我又开始思考这个问题了。每当想起它，我总是整晚整晚地失眠。你有过这样的感觉吗？思考无穷无尽的东西？千万不要。这比思考鸟类更糟糕。你会告诉自己：想象空间的尽头、宇宙的尽头，在尽头的尽头是一堵墙。可是你的思路还会继续：那堵墙背后是什么呢？即使是固体墙，也会是一道永远延续下去、永无止境的实心墙。如果我被这个问题卡住了，就会抓狂地从头上扯几根头发下来。而且是一次性拉扯。这样不会很疼。你必须拥有像外科医生般的手指，将头发分开，确保手指间只有一小绺头发，然后再用力将其拔下。由于在这个“手术”中，你的注意力高度集中，所以才能防止你思考其他问题，令你冷静下来。

爸爸正在看一本关于中国的书，妈妈看的是庞德的《散文选》，主要看概要。她光着脚丫，他穿着鞋子。如果你问我，我会告诉你他们就是火星和金星。而我则是地球。他们甚至都不会意识到这一点。

如果我手中有一束头发，通常我会将一部分冲下厕所；另一部分保留在一个罐子里。我知道这样做比较危险，因为如果有人找到这些头发，会利用它们制成一个娃娃，代表我，然后我就会永远受到他们的控制了。假如他们烧掉这个娃娃，我会死，接着消失。永无止境。

“你在干吗？”妈妈问我。

“不要再瞎折腾了。”她一边说，一边交叉双腿。“难道你就没有什么书可以看吗？”

又是书。我简直想大叫。我只喜欢看有趣的书，但我不想以此为生。“我正在思考。”我回答道。

妈妈说，我用那样的眼光盯着她看，让她有点紧张不安。问我为什么不去睡觉。

妈妈年轻的时候很漂亮，那时我还没有出生。但是她的照片可以证明。爸爸说，妈妈以前非常美。此时，她看起来好像哭过一样，只不过是一本读物罢了。她一直为每个页面评分，并潦草地记着笔记。如果她哭了，我几乎没有反应，我不是那种会追根究底的人。如果她想哭，我不会因此有任何想法。因为她总有很多理由。

“你在写什么？”我问过她。“写本著名的小说。”她回答道。我之前不知道她那是开玩笑。很长时间以来我都以为她真的在写小说，我甚至幻想自己在这本书里扮演着怎样的角色。

“上楼去，”妈妈说，“你该洗头发了，你上一次洗是什么时候？”

她总喜欢在爸爸面前令我难堪。爸爸是一个想方设法保持自己外在美的人，他知道该怎么做。虽然他不会在意我的头发是不是很脏，但是你永远都不会希望在他这样的人面前，被人指责像一个油脂球。他就是一个追求完美的人，好似一只猫。

“我昨天才洗的。”我反驳道。

妈妈转身对着我，眯着眼睛，那种眼神似乎在说，玛蒂尔德，你就是一个肥胖的大骗子。

“爸爸，晚安。”说完，我立刻跑到楼上去。

“晚安，”他说，“做个好梦。”这是他一贯的风格。不过听到这句话我依然很开心。至少能传达点什么。

“记得洗头。”这句话是妈妈从楼下传来的尾声。

妈妈真的很有趣，她要么什么都不说，要么就想操控这一切。你永远不会知道妈妈到底想怎样，我也不知道她怎样做会比较糟糕。

最近一段时间，妈妈总是保持沉默。明天我会打破另一个盘子。我已经计划好了。

走进房间，看着镜子。我心想，人们能够时刻保持同一张脸真的是很神奇的事情。难道这只是一个恶作剧？很显然，人们总是在变，无论是脸，还是其他一切。每过一秒钟，人们都会变成不一样的人。这是无法阻止的事情。时钟在滴答滴答作响，身边的一切看起来都很正常，但是心中有一种疑惑。接下来会发生什么，我又会变成什么人？有时候我希望时间能够加速，这样我现在就可以变成长大后的样子了。

照完镜子，我将一些纸和几本书排好放在桌子上，与边缘对齐。并确保每一件单品没有彼此接触到，间隔也一致。当然，我只是估计了一下，并没有用尺子或其他东西测量。将物品排列好的习惯我已经持续了近一年的时间，就像拔头发一样。从根本上讲，这是一种对抗无穷无尽的魔法。

爸爸走进房间时，我正坐在床上。或许我待在这儿已经有一个小时了，谁知道呢。

“我本来要去洗澡的，”我说，“但是我忘了。”

他坐在我身边，努力看着我，因为他不擅长这样做。他的眼睛在闪烁，好像很怕我似的。过去，他经常抚摸我的头发，但那已经是一百万年以前的事情了，当时我只是个婴儿。不过，此时我依然感觉不错。只有我们父女俩坐在一起。突然，她出现了，头靠着门。

“我就知道。”我说。她什么都不用说，我也知道，是妈妈。

“你们还好吧？”她问道。但这根本算不上是一个问题。虽然我希望是，但的确不是。

爸爸起身要走，他轻轻地拍了拍我的脏头发，我以为我会感到羞愧，但无论如何，我真正关心的不是这个。这是变坏的一种表现，无所谓！同时，我又突然想到了一个变坏的点子。就是一个人的妈妈可能会用她女儿的头发制成娃娃，然后扔到火里面烧。她亲眼看着这些火焰将娃娃吞噬，然后手舞足蹈，开心地去睡觉、做爱，将一滴滴香水喷洒在被单上，仿佛什么事情都没有发生。她什么都干得出来。

不过请不要误会我。我一直都很爱我的妈妈。我只是把她放在心里。

问题是，在现实生活中，我不能爱她。因为爱一个轻视自己的人，会让我感到很屈辱。而她恰巧就是这种人。有的时候你只要观察她看我的眼神。那时，她不再是一个妈妈的样子，而只是拥有一张脸蛋的行星。但爸爸，至少还有一双手。

“晚安，妈妈。”我说，“晚安，爸爸。”他们就这样离开了，千万不要对此表示怀疑。走出去，“嗖”的一声，他们去哪儿了？我只知道，我并不累，我不会立刻洗澡，也不会阅读那本无聊的《西班牙的国王和王后》课本。我只会坐在床上，想拔头发就拔头发，没有人能够阻止我。

六根头发，棕色的。但当我仔细一看，才发现头发从头皮拔出的部分是红色的。像是另外一个人的头发，一个藏在我内心深处的人。她就像新芽一样逐渐生长出来。看到这个我一点也不害怕。实际上，我一直在期待她的出现。

我知道你在自己的处境下看不到任何东西。

你不得不相信我。

2

一星期前，学校又开学了。我很高兴，自己最好的朋友安娜·麦克道格尔成了我的同班同学。总的来说，今年同学们分班的结果挺有趣的。除了安娜之外，没有人和我的生活存在其他关联。不过列一张人物表格，也不是件坏事。我会以简略图的形式展示给你们看。

利比·哈里斯的鼻头上长有一颗灾难性的痣。对她而言，的确很可惜，毕竟她是一个文静、善良的女孩。不过，她父亲是一名律师，所以最终她有可能会做整容手术。

萨尔·韦拉佐几乎是学校里面最胖的人。他黑黑的头发，像擦了鞋油。他经常认为自己是一个摇滚明星。他彻底疯了。

苏·弗莱什曼是一个个子很高、头发微鬈的女孩。她从来不走路，而是像穿了轮滑鞋一样，在地板上滑行。虽然在我们看来，这种行动方式很无聊，但是男生们非常羡慕。

芭芭拉·布拉德利的身上总带着零食。即便她在上课的时候吃，老师也不会阻止她。由此推断，她身体应该有病。

虽然杰克·德莱尼是我敬佩的人之一，但我们从未说过话。他有一件 T 恤衫，上面的涂鸦是一只丑陋的猴子。他应该是一个对性上瘾的人或以后会成为这种人。

米米·布罗克顿是一个瘸子。我经常没事就盯着她看，总看不腻。她的头发是红色的。我知道，我本不应该说她是个瘸子，但这个形容最恰当不过了。

唐娜·拉沃拉自从来到这所学校，已经退学好几次了。这个人今后在生活中也不会有所成就。

马克斯·奥弗梅尔看起来像是住在一个木屋里面。身上总散发着一股怪味。或许是因为家里太穷了吧。

艾亚德·塔吉拥有洁白完美的牙齿，但他难得张开嘴巴大笑。他就是这么一个不爱笑的人。他似乎来自中东地区，具体哪个国家我也不确定。

玛丽·昆塔斯据说具有很好的唱歌天分，不过我听过她唱歌，觉得一般。她想跟我结拜姐妹，但我不感兴趣。

朗尼·泰森觉得自己会成为一名宇航员，拥有很好的身材。

布鲁斯·塞拉斯是一个很有趣的人，听同学们说他懂魔术。可惜，我曾看到他跟卡罗尔·本顿聊天。

克里斯·比布，又名吉布，开学的时候我看到他皮肤被晒成了棕色，不过这丝毫影响不到他的帅气。

当然，还有可爱的安娜·麦克道格尔。我跟她非常要好，交情很深。稍后我会介绍更多关于我们的故事。

凯莉·格雷伯的牙齿参差不齐。我怀疑她是一个不受欢迎的人。她比较擅长体育。

丽莎·米德，每天都吃猪肝香肠!

卢卡斯·伦顿是一个脸色苍白的人，但又不是白化病患者。每当他讲话的时候，双手都会发抖。他就像一头羔羊，个子非常矮小，让人有一种想把他提起来的冲动。

阿维·高什是唯一一个比我聪明的人。他拥有一双女孩子般柔弱的眼睛，但他非常自信，家境富有，偶尔会穿凉鞋。

或许有些人我忘记了，但如果真是如此，肯定是有原因的。有的人就像幽灵一样，令人捉摸不透，或者即使相处下来，也觉得很模糊。

无论如何，每天有这么多风格不一的人围绕在身边感觉真的很奇妙。有时候我会观察他们，把这当成《动物星球》。在这里，每个人都活着、饿着。有时萨尔·韦拉佐会滔滔不绝、唾沫飞溅地给大家讲故事。早上上课前，大家在同一时间交谈，产生的噪声如同收音机卡在电台之间。当然，不止是两个电台，几乎有一百个。你搞不清楚每个人都在说什么。听起来甚至不像英语，而是沸腾的泥浆产生的泡泡。如果听的时间过长，会令我感到很烦躁。可能这就是地狱的声音吧。我曾经在一部电影里面见过地狱，那是一个无边无际的地方。我不得不把电视关了。

3

我有一个姐姐，她已经死了。我之前跟你说过这件事吧？我肯定说过，只是你忘了，你并不明白我当时的暗示。

我姐姐叫海琳。海琳和玛蒂尔德，每个人都说我们长得很像。《白天与黑夜》是很有名的表达方式。虽然我是妹妹，但感觉还是颠倒了，海琳先走了。

她是一年前去世的，在我脑海中，事情似乎发生在五分钟之前。早上，偶尔又会觉得她并没有死。那一刻我脑袋一片混乱，但很快，就会回到现实中。她的确死了。

出事的时候，她只有十六岁。实际上过几个月她就十七岁了。她的穿着，有时会让她显得比实际年龄大。她走路的姿势非常优美。不认识她的人可能会觉得她在卖弄，其实这是她正常的身体摆动方式。还有她的双腿。妈妈曾经这样形容：她的双腿可以从这里伸到拉斯维加斯去！

我对姐姐海琳的记忆是从婴儿时候开始的。我曾经跟妈妈说，我记得海琳小时候抱着我跑动，然后翻过栅栏的情景。妈妈瞪大眼睛看着我，以为我疯了。

“什么栅栏？”妈妈问我。

“一道白色的栅栏。”我说。

听到我说这些话，爸爸将手搭在我的肩膀上。“别说了。”他阻止道。然后说了那句他很喜欢的话。

我经常想起姐姐海琳，但基本上我不能谈论她。当然，是不能跟爸妈提的。这是家规。不过在我看来，这更像一条法律。

脑海中还有一些记忆，就是我和海琳待在一个又黑又潮湿的洞穴中。不知怎的，我们的周围乱七八糟。我记得水流进了我的嘴巴。我的第一反应是，我们掉进了一口井里。

“你们从来没有掉进过井里。”妈妈说。

“那会不会是坟墓，”我说，“或者沟渠？人们不是经常会掉到洞里面去吗？”

妈妈的脸色变得苍白起来，把我看成了一个“问题吸血鬼”。而我帅气的爸爸则盯着我看，于是我不再发言。

实际上，海琳是被火车撞死的。问题就在这儿。她没有跳起来，是一名男子将她推向火车的。我们不知道这个人是谁。警察说，我们可能永远找不出真相了。

事情发生时，我并不在场，爸爸和妈妈也不在。而海琳为什么会出现在火车站，至今仍然是一个谜。我想，可能那个人是她的男朋友吧。海琳交过很多男朋友。有些甚至是来自其他镇上学校里的男孩子。她过去很受大家喜爱，红红的头发，几乎是世界上最有魅力的头发。

事情发生在周三，很平凡的一天。时间是下午时刻。一个人不可思议地将海琳推向了一列正在行驶的火车前面。我常常想，这一定是搞错了。可事实证明，确实如此。

你相信诅咒吗？就是一个人被诅咒了或者同时一群人被诅咒了，就像家庭诅咒一样？我们所有人将会怎么死去？什么时候会死呢？我心想。

海琳本来会成为一名歌手的。或者说她过去已经是一名歌手了。现在，她的唱片依然保存着。爸爸将它们录制在他的老式录音机上。如今，没有人可以听她的歌了，这张唱片俨然已经成为世界上最危险的物品。其中有一张唱片，是爸爸和海琳一起合唱的一首无聊歌曲，里面充满了他们的笑声和歌声。如果你现在听到这首歌，会觉得是爸爸和一个幽灵一起唱的。这种笑声简直能把你杀了。

妈妈告诉我，这些唱片已经丢失了，但是我知道，她还保留着。不过，我也隐藏了一些东西。在我房间的床底下，我藏起了海琳的一些校园记事本。另外还有几封信、图画、生日卡片和打印出来的电子邮件。而她自己房间里还遗留了一大堆物品。一个人，哪怕只有十六岁，离开时也会留下很多东西。很长一段时间里，我都不敢看这些物品。但之后我才意识到，这些物品可能会成为找出凶手的线索。于是，我开始花更多的时间待在海琳的房间。前提是，只有我一个人在家时。她的房间比我的房间舒适，我不会介意住在里面。不过妈妈肯定不允许我这么做。有时候我会让海琳的房门敞开着，即使我知道这样会让她很不愉快。

记得曾经有一次，在我很小的时候，我正观察海琳的窗户，看到一只蜂鸟，便对着它说“快来”！可惜海琳走过来，蜂鸟飞走了。“或许它还会回来。”她说。于是我们一起坐在窗户边上等了近一刻钟的时间。我猜想，可能是我们没有其他事情可做了吧。每当我想到我们两个人坐在那里，等待那只愚笨的鸟儿时，我简直要抓狂了。我很想大声叫出来。

为什么一个人要将另外一个人推向火车？难道这种行为对于推的人而言有什么意义吗？大多数人会解释说这个人疯了，是内心的魔鬼让他这么做的。但是如果是这样，那他是怎么逃离现场的呢？这种解释根本就说不通。火车站有两名目击男子曾说，他们试图抓住罪犯，可是被他逃脱了。他推完海琳，便匆匆离开了。警察宣称，这种情况时有发生。

在我看来，罪犯完事之后仿佛从人间蒸发了。好似他到地球上是来执行任务的一样。这个任务就是杀死海琳。任务完成，他唯一要做的就是从这里消失。

我恨他。这种感觉非常可怕。我从未这么强烈地恨一个人。如果我们知道这个人是谁，一定会把他送进监狱。然后我们就可以去了解各种原因。爸爸和妈妈或许不会，但我一定会。我要压制住他。即使是他内心的魔鬼令他这么做，我也要把魔鬼从他体内拔出，让他给我一个解释。我会利用自己全部的魔法使他招供。

下周四，是海琳的忌日。整整一年了。我在日历上将这个日子标记为：H.S.S.H。这是海琳名字首个字母的缩写正反顺序结合。当你盯着这几个字母看的时候，似乎有人在告诉你要保持安静。爸爸妈妈对于这一天，没有发表任何看法。我希望 H.S.S.H 能成为一个我们大家都铭记的日子。如果爸爸和妈妈认为我会忽视这一天，那么接下来就不会有其他事件发生。

我们本以为海琳会永远活着。因为她就是这样一种人。她时常令人感觉到她有一种神秘的力量，这种力量能够使她长生不老。虽然我希望自己能够真正描述出她头发的颜色，但实际上没有什么东西可以做对比。

如果罪犯被抓了，他可能会被处以电刑。但我知道，电不足以杀死魔鬼。

人们都说头发就像便士，但我觉得比便士好多了。

海琳身上散发着类似柠檬的味道。曾经有一次我大声说出这个感觉时，妈妈转移了她的目光，爸爸则表示认同。他轻声地在我耳边告诉我，我说对了。他说，她从小到大都是这个味道。

4

我告诉我的好朋友安娜，我想变坏。安娜说：“那你的心怎么办？”

“什么怎么办？”我说道，“我为什么要在乎我的心？”

“如果我有心，”我补充说，“也一定没有人知道。”

“更何况无人证明我有心。”我说。考虑到安娜了解我的一切，所以当她提到“心”这个话题时，我有点发狂。

“如果心真的存在，”我说，“那它在哪儿呢？”难道像一个婴儿竖立在我体内，浑身上下都白白胖胖的，如同一个生面团？不管怎样，除了待在我的身体里，它还能为我的生活做点什么呢？所以，只有到你死的那一天，它才会呈现出来。

我把自己的疑问都告诉安娜，她也答不上来。但是，这个问题令她思索了半天。因为皱起眉头让她的脸（平时都非常漂亮）变丑了。安娜是一个很少会思考问题的人，对于她而言，这跟爬山一样难。现在，她参加了阅读辅导小组和算术。

一分钟过后，安娜的表情终于回归正常。她说："可是你的身体属于你，你的心也属于你，这两者没有区别。"

安娜接着说，她非常不赞同心是生面团的说法，她觉得心就像丝绸连衣裙，以身体、大脑、双手、双脚等所有形式呈现出来。

"它是透明的。"她说。当她说出这种话的时候，你就应该明白她是多么的幼稚了。"宗教能够使人们变成白痴。"我爸爸曾经说过。

"如果它是透明的，"我说，"那我不是能看到你的乳头了？"

"不能，"安娜解释，完全一副修女状。

"这件裙子在你身体里，"她说，"唯有上帝能看穿它。"

如果安娜变得特别聪明，我不得不将针插到形状和她一样的娃娃头上。如果你为安娜的美貌添加大脑，那简直太让人无法接受了。

无论如何，安娜其实连乳头都没有。她的胸部只有两座蚁丘似的东西。

"你不想长生不老吗？"她问道。

"上帝和所有这一切，"她说，"像你这样的人应该相信上帝的，是吧，玛蒂？"

我已经带动了安娜的思考神经，现在她肯定没完没了了。我不喜欢现在谈论的话题。似乎在试图打听我的隐私。

对于我个人而言，我不相信上帝。我从来没有像安娜一样，上过关于他的课。她从她的家庭和星期日学校（星期日对儿童进行宗教教育的学校）了解到大量相关信息。而我有我自己的信仰，我发明的信仰。我相信，生活中有人在看着我们，我不知道他们是谁，他们也没有告诉我他们的名字。我将他们称为“观察者”。观察者可以是任何人。那个会说他们是人类的人。

安娜在讲个不停，不过我已经没有在听了，只是盯着她神奇的蓝眼睛看。安娜拥有的眼睛，大多数人是没有的。他们的脸上只有洞，这是生物特征，跟猪或鱼一样。普通的眼睛并不能表示什么。安娜的眼睛来自外太空，它们不是动物，也不是人类。有时候，我会亲吻安娜，因为她是如此美丽动人，又是金黄色的头发。我只想跟漂亮的人成为朋友，虽然我自己并不漂亮。我妈妈说我长得挺有气质的。我看起来有点像一匹幼儿马。我的特点就是引人注意。

我看着安娜继续讲着“心”的话题，但是脑海里还是那个词：变坏，变坏，变坏，变坏，变坏。Lufwa（awful 倒着写），倒着写就是这样的。突然，我想明白了，于是说道：“安娜，闭嘴，从现在起，听好。我想让你叫我路夫娃（Lufwa）。”

她明白我的意思吗？当然不明白。

“为什么？”她问，“这是什么意思？”

“别问这么多了，照着做就好，可以吗？”我说。

“但这到底是什么意思呢？”她继续问道。

要是她能明白这其中的含义，那简直太完美了。我幻想，灯光照射在她头上，她的脸开始散发着奇妙的“理解”光芒。路夫娃，安娜不可思议地看着我。路夫娃。

当然，我并不是一个女同性恋者。有人曾告诉我，我有一种“艺术气质”。意思是我的想法乱七八糟，通常不会被采纳。跟我说这句话的人就是萨维茨夫妇，我的父母。

医生说这种说法很古老，看起来像是一棵树。他在我父母教学的大学很有名，所以他们都很相信他。我父母曾经也想出名，但是未能走远。他们每个人都发表了一本书（纯理论的，并无创造性），但没有哪本书引起大家更多的关注。两个人本来想继续写第二本书，但从未实践过。很显然，他们在过去的岁月有着很多的期待和梦想。

当我父母带我去看那棵“树”，我没有发表多少意见，表面上依然保持着他们眼中的“低调姿态”。

“她是你们唯一的孩子吗？”这棵“树”问道。

爸爸不回答。妈妈问：“药物治疗怎么样？”

他们的谈话主要围绕我那些非常棒的神秘想法展开，以及那些可怕的噩梦。

“听起来像法语。”安娜自言自语。

“什么？”我不解。

“那个名字，”安娜说，“你让我称呼你的名字。”

“才不像法语呢，”我说，“别傻了。”

“但确实不是英语。”她继续说。

“不是英语，”我说，“世界上除了法语和英语，还有其他更多语言啊。”

“那这到底是哪国的语言啊？”安娜坚持问道。

每当她这么刨根问底，我都回答不上来。

“或许这根本就不是一种真正的语言。”她说。

“可能吧，”我说，“你永远也不会知道。”

这个世界的想象力真的太少了。像我这样的人，基本上不存在第二个。如果我想和其他人一起住在同一个世界，我将不得不作出特殊的努力。

我抓起安娜的手。她感到很困惑，因为她以为我们正在吵架。

“什么？”她怀疑地看着我。

“没什么，”我说，“不要害怕。”

“我不是害怕。”她说。

“那就好。”我说，我看到她眼中的麻木。

“这么称呼我，可以吗？求你了。”我说。

她闭上眼睛。这个停顿简直能让人窒息。

“路夫娃。”她叫道。

听到她这么叫，我忍不住笑出声来。

“天啊！”我说，“真的很像法语。”

安娜睁开眼睛，笑了起来，似乎有人给她颁发了二等奖。

“我早说过了。”她说。

“路夫娃。”我说。突然感觉自己像是法国的国王。“菈弗意斯，”我说，“菈弗意斯！”

此时，我们都大笑了起来。我又一次像个小孩子一样。安娜只比我小八个月，但有时候，她就像一块磁铁，吸引我往后退。这就是童年时的快乐，没有人会死。甚至安娜有点迟钝也没关系。实际上，她跟大多数人差不多。

除了她之外，几乎没有人的眼睛来自外太空，无论这些人是否聪明。我打赌，天使一定都不聪明。并且我确定，天使都很愚蠢。关键在于，据我现在的理解，天使有一种特质，比机灵更美好的特质。按照推理，这种特质更多的是与才华相关。这有点超乎我们理解的范围。如同各个地方的钻石，露出来的每一处，及其颜色，我们甚至都无法命名。

安娜停止了笑，擦掉脸颊的泪水。

“我必须回家了。”她说。

千不该万不该，现在说这句话。

因为我们难得处在一个高度，我们将看着彼此的眼睛，永远待下去。这种情况得多久才能发生一次啊？将来还会发生吗？

5

今天上学，第一件事情就是被告知去奥利韦拉女士的办公室。她是一名主教诲师。不过仅通过她的穿着，不容易看出来。包括她头上的珠子，手上戴的手镯，以及头发上的头巾。她真的应该站在大街上卖熏香。

“看着我。”奥利韦拉说。

我只看着她的嘴唇。

“你最近怎么样？”嘴唇张开说道。

噢！兄弟，我心想，我们现在估计要开始讨论我整个生活故事了，她真正想知道的，其实就是为什么我昨天掴了卡罗尔·本顿一个耳光。这件事我不是有意的。实际上，当我真正掴完，自己也被吓到了。我并不是真的想掴他耳光。

“你怎么会这么生气？”奥利韦拉。她以为她是谁，那棵“树”吗？

“我并没有生气。”我说。心想她有没有在录音。

“玛蒂尔德，你打了别人。人只有生气了才会做出这种事情。”

奥利韦拉说。

其实，卡罗尔·本顿本身就是那种容易激发暴力行为的人。她的脸很大。我不止一次看到她跟她的朋友说悄悄话，然后看着我。那个大秘密是什么？仿佛不是每个人都知道。

“玛蒂尔德，”奥利韦拉说，“玛蒂尔德，你是在听我讲话吗？”

“我现在是给你机会。”她一边说，一边像个变态一样伸手触碰我的手。我顿时假装挠痒，把手拿开。

“家里一切还好吗？”她问我。又是这个问题。

“你爸爸妈妈还好吗？”

“你妈妈感觉好点了没？”

“挺好的。”我回答。

奥利韦拉用 X 射线般的眼神看着我，但我没有让她看穿。我不知道我可不可以相信她。我愿意告诉她这一年来所发生的事情，告诉她我至今也没有看到妈妈哭过，不像其他妈妈在失去孩子后大声哭泣。甚至在海琳死后，妈妈参军了。这种情况正常吗？我很想问。

“我能用一下您的洗手间吗？”我问道。

奥利韦拉点了点头，我起身走进卫生间。

奥利韦拉拥有自己的私人卫生间。不过它没有想象中那么干净。水槽中还有一根头发。我用卫生纸将其捡起，然后放入自己的口袋，只是以防万一。在一个很小的架子上，放有空气清新剂，一罐薄荷糖和块状糖果。谁会把吃的放在卫生间呢？如果你问我，我会觉得很恶心。

还有一个有趣的现象，浴缸里面竟然放满了盆栽。只能看到叶子，没有花。密密麻麻。我不得不强迫自己不要发出猴子和热带鸟类的怪叫声。

我冲洗了一遍厕所，主要是不想让她产生怀疑。我打开药柜，看到一把头梳、一管口红、一瓶药片、一把牙刷和一管牙膏。我拿起药片，看到上面显示“Exhilla”，于是我顺手将其放入自己的口袋中。据广告介绍，Exhilla是一种能够帮助人们减轻焦虑的药物。但问题在于，我记得去年纽约歌剧院发生爆炸之后，很多富豪包括一位参议员都失去了生命，当时奥利韦拉就在全校发表了一次特殊的讲话，最后，她还用头巾掩面哭泣。

当我从卫生间出来，奥利韦拉正微笑着。我到目前为止所能说的，就是我没有撒谎。

“不好意思。”我说。

“再也没有下一次了。”我说。并请求她不要把这件事告诉我的父母。

“你必须忽视那些人，”奥利韦拉说道，“不能让他们受你控制。”

她露出了很为难的表情，如同我爸爸。

“你是一个聪明的女孩。”她说。奥利韦拉站了起来，我担心她会再次尝试触碰我。

“去上课吧。”她说。

“好的。”我答道，但我的身体没有动。我十年都没有动了。

至少这是我此刻的感受。最近时间很滑稽，不受任何事物的影响。

放学后，我和安娜决定去莫尔店买汽水和炸薯条。在路上，安娜并没有提起卡罗尔·本顿，这真的是一个很大的安慰。不过她问我，对今年分到我们班的男孩有什么看法。

“跟我没关系。”我说。

“一个都没有？”她问道。很显然她一定注意过某个人。

我和安娜从未谈论过男孩子，毕竟在这方面，我们不太专业。不过我发现安娜变得有一点卖俏了。她会偶尔弄弄头发，类似于甩头。实际上，这个行为非常吸引人。如果说安娜哪里比我强，毫无疑问是这一点。调情并非人类的行为，而是动物特性。不过我想，扇人耳光也一样。所以，如果我能够扇人耳光，那我一定可以和他们调情。或许我也应该引起他们的注意。看完海琳遗留下来的邮件（大多数是男孩子写给她的），我也学会了不少这方面的技巧。有时，那些男生们的话非常露骨。我无法相信她居然会打印出来，一点也不怕被妈妈发现。海琳在我心中的美好又添加了“勇敢”这个词。

“朗尼还可以。”安娜说。

“就那个宇航员？”我说。

“他已经不想成为一名宇航员了，”安娜说，“这都是三年前的事情了。”她抓住我的手臂，把我拖进莫尔店中。除了我们之外，店里没有其他人了。我们坐在角落的座位上，这是我们喜欢做的事情。

“要点什么？”莫尔问道，虽然他知道一定是炸薯条和可口可乐。他向我们走来，与其说是走，不如说是像我们的同伴一样开心地跳着舞。莫尔是我见过的最快乐的老人。老人一般都非常有趣，他们就像蜥蜴或鸟。莫尔是一只鸟。每当他将薯条丢到锅里面，他都会情不自禁发出咯咯的笑声。

说实话，我一点都不介意住在莫尔的店里。我在想大堂后面会不会隐藏着一个莫尔夫人。我从未见过她。或许她正是莫尔先生每天开开心心的原因。可能他们的爱情真的能天长地久。你读过《麦琪的礼物》这本书吗？上面有一幅图，显示一对五十岁的夫妻在回忆过去，或许那就是莫尔先生和他的妻子。

“你周末想在别人家过夜吗？”安娜问道。这是安娜的另外一个本领，能读懂人的心思。

虽然安娜家并没有莫尔店那样充满快乐的气息，但也没有不开心，它有它独特的魅力。

“想，”我说，“我非常乐意。”此刻，我突然感到非常愉快，甚至想把 H.S.S.H 的事情告诉她。可惜，不知道为什么，话到嘴边，又说不出来。

或许我明天会告诉她。不是都说时机最重要嘛！我希望海琳的周年纪念日成为一个特殊的日子。谁知道呢，我可能会为爸爸妈妈举办一个惊人的派对，把他们吵醒。爸爸妈妈比卡罗尔·本顿更需要一记耳光。

莫尔把炸薯条端了过来，那一刻，我突然有想亲他一下的冲动。我想用手臂环绕他的脖子，然后亲他表示所有的拥抱。我知道这样的举动不太合适，但我想，我的坏应该留给那些理应得到报应的人。这种感受如同蛇体内的毒液一样，变得越来越强烈。所以，我肯定不希望将这种“坏”浪费在不恰当的人身上。

6

放学回到家，妈妈正在厨房盯着窗户外面看。她穿的是一件“中国风”的旗袍，上面显示了各种桥梁和龙的图案。

“你在看什么呢？”我说。

桌子上有一包美国山核桃。妈妈已经吃了大部分。妈妈一直都很消瘦，我希望她能继续保持。肥胖不会对她有任何影响，因为她根本就不具备肥胖的基因。并且，你发现了吗？肥胖的人一般都是骗子？他们总是遮遮掩掩。

“你在干吗？”见她只是傻站在那里。我重复问道。

“山核桃，”我说，“是克罗诺给的吗？”

“你想来一个吗？”她说。

尽管我很想吃，但是我还是拒绝了这个邀请。克罗诺家的山核桃很好吃。但我想在她睡着了之后再吃。

我坐在桌子旁，等待着接下来会发生的事情。两个小时过后，妈妈终于来到我身边。

“你的头发长长了。”她一边摸着我的头发，一边说道。这种感觉让人很兴奋、很温暖，如果妈妈粗糙的双手没有颤抖，或许连那一点不好的感受也没有了。厨房有一股烟味，估计又是她的老毛病犯了。

我从盘中拿起一颗果仁，没有吃。而是摆出一个科学家的姿势，进行检查，直到妈妈走开。那一刻，我只能听见冰箱发出的嗡嗡声。如同追踪无穷空间的声音。我起身，用力敲击了一下冰箱。妈妈被吓得向后退了几步，真的很滑稽。

“我和你爸爸准备下周去剧院。”她不知从哪儿冒出来这句话。他们两个人已经很久没有外出了，真令人怀疑。

“你们哪天去？”我问她。

“星期三。”她回答。

正好是那一天的前一天。H.S.S.H 的前一天。

“这是什么特殊的日子吗？”我问道。或许爸爸妈妈也在他们的日历上标记了这一天。可能是我低估了他们。

妈妈的表情变得反感起来，反手形成了一个无可奉告状。“是有人给了你爸爸几张票。”她说。

我问她是否能带我一起去，她说不行，因为只有两张票。

“你们不能再买一张吗？”我问。

“你不会喜欢那场戏的。”她说。

我问她戏名叫什么，她告诉我叫《冥王星的卫星》。她的语气似乎在表达这是世界上最糟糕的剧名。

“我想去。”我说。

我猜妈妈一定不记得我过去对行星是多么的着迷。以前，我常常将整个太阳系放在我房间的天花板上。这同样可以作为发光的星星。

“我想去。”我重复了一遍，不过妈妈并没有回答我。或许她希望我央求她，但我才没那个心情。等一下，我会跟以前一样，向爸爸求救。

“这个周末，我会在安娜家过夜。”我说。

“不是只有你有安排。”我郑重其事地告诉她。

妈妈点了点头。她又站到窗户边上了。我不知道她在看什么。难道她现在对树感兴趣了吗？

又是一阵沉默，简直无法想象。忽然，我后悔了，不该去击打那个该死的冰箱。此时如果有点冰箱的嗡嗡声反而会更好。

等我缓过神来，才发现自己竟然在吃山核桃。真觉得自己有点像头猪了。还比想象中吃得多。妈妈仍然背对着我，当她叹气时，背上那条龙仿佛准备喷射出巨大的火焰来。我祈祷自己能知道她到底在想什么。可是不知道为何，我的超感官知觉在面对妈妈时总是无法正常工作。我一直在数着这条龙呼吸的次数，直到听见爸爸的车的声音，耳朵才感觉到音乐声。

妈妈挪到炉灶旁，假装一切很正常。她搅动着一个罐子里面的东西。我想，应该是晚饭吧，最近她没有表现出多少创意。她就像一个“单罐奇事”。将所有的东西都扔进去，希望做出最好的食物来。

前门敞开着。路克在房间里面大声吠。

“我们在厨房。”我说，小心翼翼，避免大声叫喊。不过我还是控制不住自己，当我重复一遍时，我大叫了出来，“爸爸，我们在厨房。”

我只是想把他引领到这里来，再将我从那条龙那里解救出去。

曾经有一次还是两次，我听到爸爸妈妈在房间里面做爱。妈妈的呻吟像一只猫头鹰，爸爸则像一头绵羊一样。在我跟海琳还是小孩的时候，就经常遇到他们在房间的每个角落接吻的场景。爸爸经常温柔地亲吻着妈妈，之后，妈妈便露出刚洗完澡似的神情。最近，爸爸一直试图将双手放在妈妈身上，但是妈妈总是不太感兴趣。即便他给她讲笑话，努力触碰她，依然未果。如果妈妈想的话，事情发展会非常快。

每天吃完晚饭，爸爸都会带着路克到外面溜达。“有人愿意一起去吗？”他总是会问我跟妈妈。我惯用的借口就是家庭作业。妈妈就是妈妈，她一般除了上班，很少会走出家门。最近，她甚至都不愿意回答他。不过爸爸还是坚持不懈，他就是这样，家里面最乐观的一个人。毫无疑问，爸爸能够拯救这个世界，但关键在于妈妈允不允许。可能她希望一切在大火中倒下。

今天晚上，当爸爸问有谁愿意去时，我答应了他。妈妈盯着我看，仿佛看到了一个骗子。

“怎么了？”我说，“小时候，一直都是我带着路克出去溜达的。”我希望她知道，有的人除了坐在这里抽烟之外，还可以做更多事。一个人只要想，便一定能够醒悟过来。

“那就穿上你的外套。”爸爸说。成为我的同伴，似乎并没有让他感到异常兴奋。这有点让我受打击了，或许他每次出去溜达是去一个私密的地方。现在我要跟着，他就不能去那里了。又有可能这只是他个人的想法，我去只会打扰到他。

我们只是在附近转悠了一下，并没有去什么特别的地方。有的人会朝我们挥手，我们也会向他们打招呼。路克偶尔会冲其他狗吠。有一栋房子，其草坪上仍然保留着“请把我们的军队带回来”的标志，我甚至已经忘了那里之前是否有军队。我猜想，我们应该一直都有军队吧，因为这是一个恐怖时代。有趣的是，我完全忘记了“在那”的标志在哪里。海琳知道，她在她这个年纪，已经非常具备政治头脑了。爸爸妈妈过去也对政治感兴趣，曾几何时，他们是超级游行者。不过我猜他们现在变得更加自私了。很显然，死亡令人变成这样的。

当爸爸弯腰用铲子铲掉路克的粪便时，我注意到他的头上有一小块头发掉光了。此时，我才意识到爸爸真的老了。我知道他还不是很老，但斑秃，哪怕是一小块，也足以证明时间过得很快。我试图将爸爸的斑秃拍下来，但是我没有这么做，因为在我脑海中，这种行为就像怪物电影一样。

路克停下来，闻什么东西，我和爸爸站在旁边等。我们仿佛是两个在同一个巴士站牌处等车的陌生人。最终，我轻轻地踢了一下路克，并没有很用力。“快点走。”我说。

“温柔一点。”爸爸说道。于是我轻轻地抚摸了一下路克的鼻头，它便不断地摇摆着它的尾巴。然后我也模仿它摆动了自己的屁股，爸爸笑了。当一架飞机飞过天空时，路克大叫了起来。天空很暗，飞机的灯光亮着。这种现象至今依然让我感到害怕。即使从今以后我再也见不到飞机了，也一点都不介意。在我们的历史书上，有一幅图显示的正是燃烧着的高楼。事情发生时，我还只是个孩子。但他们不会让你忘记这种历史性事件。

我思考着，妈妈正在做什么，是否已经躺在床上，没有危险，没有声音。我能够想象，在被子底下，肯定是她赤裸裸的身体。我同样可以想象，爸爸稍后像一只老鼠一样溜进去。妈妈睡在床的左边，爸爸睡在右边，床的两边都放有一个小小的储藏柜。储藏柜上摆放着一盏供他们看书的台灯。里面存放了一些他们的私人物品。假如你结婚了，千万不能再在床下面藏东西了，因为那时，床已经成了公共财产。

在爸爸的储藏柜中，有几本书和上次我们一起去康科迪亚农场摘南瓜时拍的一些照片。时不时地，里面还会放一些性变态的杂志，大多数是关于女人的乳房。女人经常独自一人，当她们抚摸自己时，感觉非常痛苦。有时女人紧紧地盯着你看。有的看起来很疯狂。妈妈的储藏柜中存放了一些香烟、记事本，还有一个瓶子。我不知道为什么他们不对这些讨厌的储物柜上锁，这样别人就无法偷窥里面的东西了。

人们来拜访海琳的灵柩时，并没有看到海琳，因为灵柩是封闭的，被上了锁。我知道谁有钥匙。很显然，爸妈在锁上灵柩之前，看到她了。但他们并没有邀请我。或许，她的身体已经残缺了。我不知道是不是这样。每个人都会走向那个该死的箱子，仿佛海琳就在里面。但我不相信。死亡对我而言几乎就是一个笑话。你无法真正相信它。

妈妈擦了口红参加葬礼，那是她唇膏唯一的颜色。我坐在她旁边，只听到她不停地重复着同样的话。但我不明白她到底在说什么。

“哦，上帝！哦，上帝！哦，上帝！”或许是这句吧。也有可能不是。因为她从未相信过上帝。

很有趣的是，葬礼那天竟然没有下雨。这一切都显得那么不正常。舅舅发表了讲话，但他或许都不知道自己的发言内容是什么，因为他一直在看着那张纸。我不得不说，这一整天实在让人难以置信。我看过电影，知道葬礼应该是个怎样的情景，可海琳的葬礼完全是一次伪装。假如到了 H.S.S.H 那天，天空下雨了，我会非常开心。

当然，准确地说不是开心。我只是有一种感觉，感觉有人在听。可能是一个观察者。雨是他们能给我最少的东西。我不请求出现一个奇迹，只要一点闪电，很多打雷声。这样的要求过分吗？

7

早上，吃完早饭，我走到门外，准备抽烟。这是从我妈妈的储藏柜中偷出来的，她将这些烟藏在房间里各个隐秘的地方。妈妈戒烟了，这是一件我们希望相信的事情。但也属于宇宙的谎言之一。假如你想将整个篮子举过头顶，那证明妈妈还戒酒了。

香烟非常长。我决定不点燃它，否则妈妈会闻到它的味道。不过只将它夹在手中的感觉也挺好的。实际上，我至今没有抽过烟，但在未来某个时刻，我会打破这个惯例。人们拿烟的方式很重要。我决定，我的方式就是将其夹在大拇指和食指中间，像个男人一样。这样的拿烟方式，显得人非常有权威。

邻居莱德正在修一个新的游泳池。我不知道他们家旧的泳池出什么问题了。有辆推土机在运转，噪声让人惊叹。看到太阳透过灰尘从东方升起，感觉很怪异，像毒气一样。

泳池上面的山丘上，有一个白色凉亭。这是莱德家的，不过他们曾准许我在那里举办过一次生日派对。在我十岁的时候。当时，我穿着一件蓝色的裙子，上面装饰了黄色丝带。凉亭没有围墙，只有圆柱和一个屋顶。推土机产生的灰尘都吹到它上面，如同一张来自古希腊的明信片。我希望他们不会把它也推倒。

凯文·莱德正靠在他们家的后门，监视着这个破坏过程。我向栅栏走去，想让他注意到我，但他没有。顺便提一下，凯文的哥哥曾经也是海琳的男朋友之一。他们过去常常在那个凉亭上亲热。

“凯文！”我不得不大声叫他，引起他的注意。

我们都向栅栏靠近。

“你有打火机吗？”我问他。

他把一只手放在耳朵边。意思是“我听不到你说话”。

于是我将烟放到嘴巴处，示意他我想要什么。

凯文一脸疑惑。他摇了摇头。他脖子上戴着一条很粗的银色项链。他的头发是蓝色的。他跟小时候完全不一样了。而且，他的指甲是黑色的。不过他的脸还是张娃娃脸，虽然他现在已经十三岁了。我在想，他妈妈看到他的头发，会怎么想呢，会不会晕倒。上帝，我很想让妈妈晕倒一次，给她一次教训。可问题是，人们已经不像以前那么脆弱，容易晕倒。在古代，人们总会时不时地晕倒在地。

突然，推土机停止运作，周围一片寂静。我和凯文还没从它的轰鸣声中缓过神来。

“你会抽烟？”他问我，“你爸妈允许你抽烟？”

“噢，是的，”我回答，“只是不能在家里抽。”

凯文点了点头，可能他低估了我。

“你对你的头发做了什么？”我说。

“我没准备留着。”他回答道。

我跟他说我喜欢这个颜色。

“我不知道。”他说。他转身离去，又看向那个摧毁过程，并开始玩弄脖子上的项链。

“我必须去取点东西。”他说。

我问他愿不愿意到凉亭上溜达溜达。我假装抽烟的样子。他愣在那里盯着我看。

“来吧，”我说，“跟以前一样。”

“不行，”他说，“我还要做家庭作业。”

家庭作业？我心想。一个把头发染成蓝色的男孩不可能还要做家庭作业。

“那你的哥哥呢？”我问道。

凯文点头，然后看着他的靴子。我想他可能是有点怕我。我们周围很多人都非常有趣，爸爸、妈妈和我。他们都不愿意跟萨维茨家的咒语靠得很近。

我的床底下有一封凯文哥哥写的信，是过去写给我姐姐的。

“他交新女朋友了吗？”我问。

“你不应该抽烟。”凯文说。

我假装在吸烟，然后将烟雾喷到凯文的脸上。

“玛蒂尔德，再见。”他说，然后像一个牧童一样转身离开。

“我想干你。”这是那封信中的一句话。

还有，“我爱上你了。”

语言是不是真的很神奇？我无法忘怀。有时，你只能说点什么。像一颗炸弹，把你身上所有的衣服都炸掉了，只露出赤裸裸的你。我不知道这样的场景是令人厌恶还是很美。

推土机又恢复工作了，我抬起头，看到一个男人在里面。刚才我并没有注意到他。他像一只老鼠待在一个很小的座厢里，仿佛是一个宇航员。当我看着他的时候，他竟然冲我使眼色。

我转身离开，但仍然能感觉到他在看我。可能是因为我穿的裙子。我把烟丢到地上，并用脚踩了踩，一共抬脚踩了三次。这是将烟熄灭最传统的方式。不相信的话，你可以观察一下别人。

海琳的很多男朋友看起来都很像。他们都有深色头发，虽然身形消瘦，但不缺宽广的肩膀。大部分长得很高，皮肤发白。他们从来不带书，个性都很狂妄自大。不过不得不承认，他们中的每一个都长得很帅。

海琳没有死。我有跟你们说过吗？很显然，她拥有一副躯体。想想，一个曾经有着很多欲望的人如今成了一个死人，这种感觉很奇怪。因为关于死人的身体人们不希望想太多。

在出事前的几个月，海琳经常放学很晚，晚上出去也总是过了宵禁时间才回。她有各种办法偷偷溜出家再溜回来。她的确是个很聪明的人。她知道该穿什么样的衣服进入酒吧，该表现出怎样的行为举止。有趣的是，她不会耽误完成家庭作业，并且能通过学校所有的考试。我想这就是爸爸妈妈没有对她晚上的行踪抱怨太多的原因吧，实际上是他们不能证明晚上外出对她存在危害。更何况，还没有人对海琳说过一个“不”字。想象一下，在安娜美貌的基础上，再加一个充满智慧的大脑，这便成了海琳。

性和智慧是最佳的组合。可以肯定，海琳就是这样的组合。我猜，妈妈过去也是这两者的结合体。这位图书馆管理员如今取下她的眼镜，放下了盘起来的头发。她穿着一件扣子扣到脖子处的白色短衬衣，突然解开了一点，展露出一丝女性魅力。你要用全新的眼光看待她，因为她会让自己舒舒服服地躺在床上，即使她的声音会越来越低沉。

爸爸妈妈以前都是那种睡起觉来很沉的人。所以如果海琳偷偷溜出去发出咯吱的声音，也只会把我吵醒。有一天晚上，凌晨3点，她才回来爬到我的床上。当我把灯打开，看到她仍然穿着裙子，脸看起来污迹斑斑，好像有人试图清理过它。她的嘴巴像是吃了太多果冻的小孩的嘴巴。我问她出什么事了，她说，没什么，继续睡觉。但我还是忍不住盯着她看，因为我很肯定她想告诉我点什么。她也盯着我看，最后她笑了，并唱道：“salagadoola mechika boola，bibbidibobbidi-boo.”这是神曲《灰姑娘》中的歌词。虽然我并不太理解歌词的含义，但之后很长一段时间，它成为了我最喜欢的歌曲。海琳紧紧地拥抱着我，紧到我感觉自己都无法倒下睡觉了。不过最后我还是睡着了。我想，那首歌的歌词应该能对你产生一定的影响，尤其是在半夜，当你和姐姐躺在床上，你突然感觉到她特别爱你。要知道，这种情况并不常见。

有时，海琳看似对我们所有人都不满，哪怕我们什么也没做。但有时，她又会突然哭起来。她就是这样一个非常情绪化的人。妈妈和她过去甚至会大打出手。

不知为何，妈妈不喜欢海琳谈恋爱，可她还是经常谈。我猜妈妈是不想海琳逃跑，毁了她的生活。“我又不是你。”海琳有一次冲妈妈大喊，妈妈也反击道：“不，你就是我！”她们的对抗总让我感到很害怕，可是现在回想起来，我真想颁发“奥斯卡奖”给她们两个。在我的记忆中，她们拌嘴吵架就像一部美妙的电影，真希望我能够再观赏一次。有时吵完架，海琳会靠在妈妈的手臂里哭泣。每当出现这种情况，我都会看到她们俩坐在楼下的沙发上，窃窃私语，频频发出笑声。有时当我走进房间，她们立即转为沉默。这让我很抓狂。在她们眼里，我是什么，难道是一个试图窃听她们秘密的间谍吗？“过来，”妈妈会说，“跟我们坐一起。”我当然会坐过去，但是这往往像是一个测试。其实以前，我也会努力想出一些很有趣的事情，让她们记住我的存在。

如今，当我突然情绪发作的时候，妈妈只会走开。她不会像对海琳一样做出反击。有的时候，我是真的情绪不好，但有的是故意做出来的，我相信妈妈分辨不出来。在起初的几个月，做噩梦是真的，通常是爸爸进入我的房间。至今，我还是会时不时做噩梦，但我父母并不知道，因为我不再哭出声来。那棵“树”教我从噩梦中醒来之后如何呼吸，如何训练我的思维。在学习这些知识时，基本上只要靠自己完成。不需要其他人按摩你的手和脚。

我每天会花大部分的时间待在海琳的房间里。有时，我会想象自己睡在那里，妈妈走进来，看到盖着被子的我，那一刻，她不知道躺着的是我。她会认为是个神秘人。如果真的发生这样的事情，我不会发出嘘声，或者什么也不说。我不想让她心脏病发作。我只会静静地躺在那里，用被子遮住头，让妈妈自己弄清楚这件事。

海琳去世几个星期后，有一天晚上，爸爸妈妈和我在吃晚饭，突然电话响了。可是电话声并不是来自厨房，而是楼上。是海琳卧室里面的电话响了。妈妈过去把它称为海琳的公主专线。电话响了大约二十次，可是没有一个人上去接。第二天，妈妈把她房间的电话线拔了。你看过这样的电影情节吗？成年妇女因时光倒流，回到她成长的房间，电话响了，是她奶奶打来的。她们俩的谈话很平常，却能看到妇女在哭泣，因为在她穿越过来的地方（也就是未来），她奶奶已经去世了。电影总是能呈现出这样离奇的画面，所以它才会如此重要。因为电影不受时间和空间的限制。不像现实生活那么多约束。

海琳的手机也跟海琳一起走了，它被火车压碎了。很显然，有人把这破碎的手机放在塑料袋中交给了爸爸妈妈。还好，我这里有海琳的情书，如果你愿意这么命名的话。据计算，海琳交往了大概有十个男朋友。当然不是在同一时间，而是在过去几年。

大多数人我都可以想起来，因为他们来过这里。不过其中最有趣的那个男孩我没有见过。就是她近半年来交往的男朋友。他说的话都是完整的句子，同时在我看来，是最美好的句子。他的名字叫路易斯。邮箱是 LDM@blueforest.com。虽然我并不知道他是谁，可我几乎有点喜欢他了。在海琳的毕业纪念册上，我没有找到一个叫路易斯的男孩，所以我猜，他应该是来自其他学校。通过他的信息，可以看出他平时是一个冒失鬼，但不乏幽默。我真的很喜欢他。

我一直在想，是不是可以用我自己的邮箱给他发一封信。但我从来没这样做过。有趣的是，海琳的邮箱还能用。爸爸妈妈将我和海琳的邮箱设置了同样的账号。所以当我登录上去，总是能看到我名字上面显示着海琳的用户名。但因为我不知道她的密码，所以不能获得她的邮件。我曾经尝试过数百个词，但都是错的，现在我仍然在继续尝试。只要有时间，我都会列出很多可能的密码。

海琳的用户名是 HeyGirl。我的是 MattieSays。我们都是在 mindfield.com 网站上注册的号。如果你想找到我们，或许这是最好的方式。

8

我和安娜坐在她的卧室。电视打开着，但我们都没怎么看。安娜正试图从她的手指中取出碎片，而我正用蓝色的圆珠笔在她的脚踝处画一条蛇形的文身。

“不要这么用力压。”她抱怨道。

海琳过去也会在我的身上画文身。有一次，她在我肩膀的一边画了一个红色嘴唇。那时，我对文身真的很着迷，每个星期都强迫海琳帮我画新的。大多时候，我们都是私底下操作，因为妈妈担心文身会导致血液中毒。不过有一次，恰好是暑假，我正躺在草坪上享受日光浴，海琳在我的肚子上画了一朵巨大的鲜花，花瓣直接从我的肚子上长出来。画完后，她用一个吻将其封起来。“你现在是一个摇滚明星了。”她说，我对此坚信不疑。

我在安娜身上画的蛇看起来太突兀了，于是考虑换成一条章鱼。此时，电视正播放一名男子采访一个聋哑男孩。只见男孩一边做着手语，一边发出咕哝声。安娜叹了叹气，拿起遥控器换频道。在换过一百个频道之后，安娜终于停在整形手术频道。起初，我不知道这是什么节目，我还以为是一个现场烹饪节目。

“看。”安娜说，虽然我已经在看了。电视中，一名医生正在拉一个人松弛的脸部，看到这一幕，我甚至无法判断这个人是男还是女。

“太恶心了。”安娜说，即便如此，她仍然没有换台。“哦，上帝！”她说。只见医生的助手正用软管吸着血液。顿时，我感觉到一点反胃。虽然过去我经常看一些令人作呕的东西，但最近对这些一点兴趣都没有。

“我上楼去了。”我说。

安娜一动不动，目不转睛地盯着那个该死的电视。

我真的无法忍受遥控器在别人手里拿着。没有人会看你想看的电视。他们会在不恰当的时间关掉电视。如果我一个人在看电视，我只会在好戏已经演完，或者你听到的最后一句台词不会伤害到你的时候才关掉电视，这是我的原则。每个人都不希望在两个人吵架或者有人说了一句“你是头猪”或“去死”或“我的车坏了”的时候关掉电视。大家都希望听到的最后一句话是“这样很好”或“梦想世界”或“不可思议般美味”等美好的词。

走上安娜家的楼梯，会经过很多她妈妈画的花园图画。

花朵很漂亮，但是里面的人距离太远，很模糊，连五官都没有。这些模糊的人有的站在树底下，有的坐着在享受密密麻麻的野餐。为什么在画人的时候，不能给他们定义角色呢？

安娜的卧室非常具有女孩子的气息，粉色，白色，毛茸茸的感觉。一切井井有条。很容易想象人们一百年后参观这个房间的情景。应该会像参观一个博物馆一样。展览的主题就是女生的卧室。当然，这只会出现在未来，人们都睡在吊舱，能长生不老的未来。我保证，这个房间会让他们嫉妒不已。一只巨大的黄蜂正击打着窗户。我踢掉鞋子，摊开手脚躺在床上。

“你在上面干什么呢？”安娜大喊道，“你下来吗？”

“不了，”我说，“你上来吧。”

我把自己摆成黄色书刊上面女性经常摆的姿势，但安娜看到我时，并不明白是什么。

“你为什么要这样躺着？”她问我。

“不知道。”我一边合拢自己的双腿，一边说道。

黄蜂仍然在不停地撞击窗户，撞它自己的头。我不得不同情这样的动物，真的。

安娜走过来，坐在我旁边。歪着头，像娃娃一样。突然，她变成了我的护士。把我脸上的头发拨开。我们周围是几个心形的枕头。这仿佛就是另外一个世界。

或许你会想，一个像我这样的人怎么会和安娜成为朋友。为什么我周围是有着不同思想的人？为什么安娜会选择我也同样是个问题。但这根本就算不上一个问题。

美丽的外表并不是人们交友的主要因素。思想才是。这同样是我选择安娜的真正原因。

我和安娜的认识是很有历史意义的。相遇地点是伦道夫公园的游泳池。我们两人认识时间仅有五个月。

当时，我正坐在一张躺椅上看一本名为《麦秆客栈》的小说。这本书并不适合在夏天阅读，我是在一家旧货商店看到的。其故事内容主要围绕一个得了健忘症的女子，她可能还是一名杀手，我不会继续说下去，以防你也想看。不过高度推荐。

不管怎样，安娜也在水池中。她穿着一件黄色泳衣，一边在水中行走，一边跟旁边另外一个女孩讲话。我猜这是谢丽尔·李斯特，只不过她的角色并不重要。她们俩一边说悄悄话，一边大笑。她们的头发竟然还是干的。

水池旁边还站着一群男孩，他们也在低声细语交谈着。通常，游泳池出现这种情况，说明有人在预谋些什么。

这是我第一次注意安娜的眼睛。它们是如此漂亮，是个人都想偷走。

突然，有个男孩，迈克尔·弗拉特莫跳进水中。他这一跃，把水花都溅到安娜脸上，于是安娜也向他反击。然后，迈克尔直接走向安娜，把安娜浸泡在水中。他让她在水面上透一下气，再将她浸入水中。他完全支配着安娜，真是太让人讨厌了。不过我敢肯定，迈克尔现在已经喜欢上安娜了，只是他能想到的可以做的事情就是把她压到水下。男孩子就是这样。可能他感觉到性挫败。

安娜呛到了，她很需要空气。谢丽尔·李斯特竟然干看着，没有帮忙。当我跳进水里，迈克尔·弗拉特莫挪动了一下，我把他从安娜身上推开。并骂他是“他妈的白痴”。尽管我从来没有这样骂过别人，但此时我就是很自然地骂了他。无意中，我还抓伤了他的脸。安娜正在旁边咳嗽，我带着她到水池边。那一刻，我变得很疯狂，这是我有史以来第一次这样做。

“他妈的白痴。”我冲迈克尔大喊。肥胖的门卫终于醒了，吹起了他银色的口哨。“禁止大声喧哗。”他说。

我搀扶着安娜离开水池。问她是否还好，她点了点头。不过看得出来，她对我感到很疑惑。为什么我会帮助她呢？她想不明白。

迈克尔·弗拉特莫也从水池中出来。从我们身边走过。他感到非常丢人，脸上甚至还有一丝血迹。

我和安娜站在那里抱怨了很长时间。

“你想吃点什么吗？”她最后问我，“去小吃店？”

在《麦秆客栈》中，那个患有健忘症的碧翠丝只吃水果。

“我们去吃草莓冰砂吧。”我说。

“我很快就回来。”安娜说。她走进浴室，我想她真的会出来。我看到谢丽尔·李斯特在水池的另一边，正和迈克尔·弗拉特莫交谈。真是太不可思议了。我继续诅咒了他们半天，看起来像是我在尿尿。忽然，我猜想可能是有人在玩弄我。我开始觉得很恶心。很显然，对我而言，这真的是很糟糕的事情。

还好，安娜真的从浴室中走了出来。她湿湿的头发已经分开，并梳理好。她甚至还冲我微笑。现在回想起那天，安娜就这样出现了。如果说有人必须出现，这个人就是她。

每次在安娜家睡觉，我都是睡在她的床上。床很大。床单有一股牛奶的味道。黄蜂撞击窗户几个小时之后，我跟安娜站在那里，聊着外面的灯。我注意到，明亮的月光透过窗户照进来。在地毯上形成了一块很漂亮的“补丁”。我们正谈论着学校秋游的事情，最终没有想出什么好主意。于是，我建议脱掉衣服，躺在月光下。

“为了秋游的事情？”安娜问我。如果转换话题太快，她会感到很疑惑。

“不是，”我说，“就今天晚上。”

“为什么？”她继续问道。

可我真的说不上来。

“我不会脱衣服的。”安娜一边说，一边笑了起来。

“女神一般都会这么做。”我说。

“做什么？”她问。

“沐浴在月光下。”我说。

安娜的眼睛在黑暗中闪闪发光。“我都不知道女神是什么，”她抱怨。

我告诉她，女神就是居住在山林中美丽的年轻女子。“幽灵。”我说。

她说她不想成为一个幽灵，我向她解释，她们并非完全是幽灵，并提及她们与希腊神的关系。

“她们是长生不老的吗？”她说。天啊，她真的最会惹我生气了。

“只是偶尔，”我说，“不经常。”

“她们大多数都能够生存很长时间，”我解释说，“除非她们与希腊神发生争吵。而且，她们不会变丑，也不会变老。”我告诉她。

我还跟她讲了女性的乳房生来就应该袒露在月光下。我真的说得越来越离谱了，安娜终于脸红并笑了起来。我知道她想那样做。

“等一分钟。”她说。

于是，我们照做了。脱掉上衣，我们躺在地板上，舒适地享受在这一小块月光下。

“我不知道门锁了没有。”安娜突然说道。她准备起身，但我抓住她的手。

“不用担心，没有人能进来。如果他们进来看到我们，”我说，“会受到惩罚的。”

“只有动物能看我们。”我说。实际上，安娜的猫正在床上，盯着我们看。

月光透过窗户照射进来，类似于一种实物。它并不仅仅是空气，它有爪子，能够亲密地贴在我们身上。我观察到安娜的皮肤比我的更白净，不过我努力让自己不去看，因为我不想让她紧张不安。

我告诉她，终有一天，我们的周围不会只有月光。

“我知道，”她说，“我有时也会思考这个问题。”

“我想象的时候，仿佛它们已经贴在我身上。”她说。

有一次，我试图让路克躺在我的肚子上，看看会是什么感觉。当然，我并不是指性。毕竟，我不是一丝不挂。我只是想了解其他人的体重。不过这样做并没有起到什么作用。路克只是把头靠在我的肚子上，我慢慢地抚摸它，最后，我们都睡着了。

“这样会受伤的。”安娜说。

“或许吧。”我说。

顿时，我们大笑出来。接着是一片寂静，只听见我们的心跳声，大约一分钟一英里的速度。

“你认为凯文·莱德怎么样？”我问她。

“嗯，”安娜说，“很讨人厌。”

“为什么？”我说。

她看着我，好像我疯了一样。“那些衣服，”她说，“还有头发。”

“他以为他是谁？”她说，“魔王吗？”

“他其实很好。”我说。

安娜耸耸肩，打了个哈欠。她越来越适应这样躺在地上，我又偷偷瞄了一下她的肚子。天啊，她是如此白净，我简直无法忘怀了。她的皮肤仿佛涂了白粉一样。我想她真的涂了。

房间的温度逐渐上升，我依然能感觉到月光照射在我的皮肤上，如同外星人透明的手指。还有其他东西，同样是透明的，在我和安娜的身体之间交换。我肯定，我已经拥有她身上掉落的物体，部分白粉。外星人手指像蜜蜂一样，在我们之间来回移动。

如果我只把白色的肚子和蓝色的头发放在一起，我会拥有世界上最美的怪物。

突然，我发现安娜在哭泣。她并没有哭出声音，而是眼泪悄悄地从她脸颊落下。我们彼此看着对方。

这是真的，我想。安娜正在哭。不知为何，这让我有点兴奋。

"我不知道。"安娜自言自语。

"我很心痛。"她说。

我不明白，接着，她摸着自己的心，说："今天早上开始，它就疼了。"

我问她这是不是第一次，她说："是的。"

她擦干眼泪。

"或许我们应该做家庭作业。"她说，"我现在还不太想睡觉。"

她起身，重新穿上衬衣。她取了一本书，拿到月光下。之前，我们一直处在同一个世界，但现在，不一样了。周围的一切开始发出耀眼的光。猫看到了。它看到了这个奇迹的出现。它走过来，用身体在安娜的腿上摩擦。安娜翻开书，里面是一幅鸟的图片，以及鸟的所有骨头。

"真恶心。"我自言自语。路夫娃。

安娜把书放在我们中间，于是我们开始在奇迹中做家庭作业。我们不慌不忙，仿佛拥有世界上所有的时间。我们就像神的助理。

我记得，我第一次心痛的时候，以为自己要死了。所以我哭了。

当我第一次查出关于海琳的信息，我没有立刻哭出来。我太忙了，无法注意到外太空有多少人在尖叫，无法想象为什么我之前从未听到他们的声音。

地球上还有很多世界，我们一无所知。

在月光下，我思考：安娜今天心痛了。四天之后，将是H.S.S.H的日子。

9

今天，我尝试了所有的行星名，并学习了一百个新的西班牙单词，因为这是我们在学校学习的一种语言。教室里还留着一本西班牙语字典。因为那场戏剧，《冥王星的卫星》，行星突然闪现在我的脑海里。今晚是一个很重要的晚上，我和爸爸妈妈约会的重要日子。昨天，我乱发了一通脾气，又哭又闹，终于迫使爸爸买了一张票。

说到行星和西班牙语，没有一样起到了作用。网站总是显示，密码错误。过了一会儿，我开始感觉自己像一个罪犯。最后，我走到《薄伽梵歌》面前，寻找灵感。你听说过这本书吗？我依然记得海琳买这本书的那天。我们和妈妈从绿道市场走出来，一名裹着彩色床单的女子在停车场向我们走来。我估计她是一个买卖宗教书籍的商贩。妈妈拒绝她之后，海琳却说想看看。对于停车场的人，海琳总是显得慷慨大方。再加上这本书只要五美元，而且是彩色图解。

我尝试了Krishna、Snajaya、Arjuna等一连串其他有趣的名字。可惜，仍然显示，密码错误。

你看过克利须那的照片吗？他的皮肤竟然是蓝色的，而且天生如此，并非染过。有时，他表现出只有两只手臂，但有时好像有四只。他头上戴着一顶金色皇冠，皇冠上插着一根孔雀羽毛。他真的很有魅力，像一个外国人。在《薄伽梵歌》的引言中，作者用了一整个故事介绍了他的一生。年轻的时候，他经常跟挤奶女工和奶牛一起到外面玩。他生性幽默。有一次，他偷了很多奶酪，填充两腮，可当他妈妈用力撬开他嘴巴时，竟没有看到奶酪，里面是空的。她急得几乎要尿裤子了。当然，这里所说的尿裤子不能按字面理解。我只是想描述得现代化一点，听起来更加形象。如果我愿意，肯定会成为一名优秀的翻译人员。这份工作通常就是要假装自己是一个老外，只不过是对于自己语种的老外。

当爸爸看到我拿着这本书时，他问我在看什么。我告诉他只是在看里面的图片。爸爸对宗教书籍并没有很大的兴趣。并且这样的书会提醒他关于“神秘人”的信息。海琳买这本书的那天，把书放在餐桌旁，她向我们读了一段话。我能够找出这个句子，因为她对这句话进行了下画线标注。“当阿朱那看到敌方的军队中有很多他的朋友和亲人时，他不知所措，很迷茫，充满怜悯。”这句话下面锯齿状的铅笔线如此苍白，让人有种想哭的冲动。我拿着这本书在房间里面转悠了几个小时，仿佛这是一个与我的穿着非常搭配的名贵钱包。妈妈还没有发现我这么做，如果她发现了，一定会咬紧嘴唇。

准确地说，我不知道自己想干什么。

我猜，自己是想见到她。有记载证明，很多人都见过死人。他们回来的一个主要方式就是在梦里。不知道为什么，过去人们总是能看到他们。穷人看到他们的次数可能比富人多。老人看到的比年轻人多。据推测，狗一直都能看到死人。我在网上看到过大量相关信息。

当你看到死人的时候，他们是准备给你点什么。如果是一片食物，你一定不能吃。如果他们给你钱，通常你也不应该要。因为死亡之地的东西可能有毒，有的会给你带来霉运。你有可能突然被卷入另外一个世界，永远不可能再回来。如果海琳想给我一个苹果或一张美钞，我会毫不犹豫地收下。

可是，我从来没有见过海琳。即使在梦里，也从未完好无缺地以对的方式出现过。晚上，她从未站在后院的树底下，或出现在路灯下。她从未出现在家里，在走廊飘走，驱使我追随她。唯一出现在我梦里的人是那个推她的人，可是他没有脸。有时，我只是做各种关于火车的梦。

我思考的问题是：死了的人希望我们跟他们一起死，还是希望我们活着？有的时候我会想，海琳有没有嫉妒我。她是不是在生我的气，她希望我们交换处境吗？可是，我又会想，她有大脑吗？会想到我吗？她会不会遗留下什么东西在这世界上？我很高兴，手里有她的信件、邮件和那些画。可是最重要的是密码，它如同一个被上锁的门，门后面可能是魔鬼，或许只是一些守旧的魔鬼，试图给你苹果。现代魔鬼可能发明了新的方式。他们不会反对以电子的方式接触你。

有时我还会认为是海琳在耍我。她活着的最后那一年，对我都是不予理睬的态度，所以现在可能是她策划的同样的游戏。可是一个人死后，他们应该完全不同了。他们应该充满爱心和怜悯。而不是这么冷酷无情。

比如，海琳过去从未允许我穿她的衣服。她有些物品很精致。我决定了，明天就穿一件她的裙子。这是我计划的一部分。裙子或许不会很合身，但没关系。如果我愿意，一定可以差不多“装扮”成海琳。可能需要做一些功课，做就做吧。这是一个很有趣的想法。如果海琳突然出现在客厅，妈妈会作何感想？

明天是一个重大的日子。整整一年了。

很滑稽，几年之后，我会比海琳大。除非死亡也能够变老。我不知道它到底会怎么实现。我记得很久以前，妈妈常常拿着一张设置了密码的 ATM 卡。在杂货店或银行，她偶尔会让我和海琳输入这些数字。当然，前提是要我们发誓不能将这个密码告诉任何人。她还教我们一个聪明的方法来记住这些数字。她说，等海琳到了二十六岁，她就四十六岁了。

我常想，妈妈现在是否还留着那张卡。如果是，她可能有必要修改密码了。

比如，一六四六。妈妈其实可以给自己定任何年龄，也不再需要担心为海琳算年龄了。即使在外太空，死亡会随时间变老，在地球上，这种成长也只会在停留在他们停止的地方。时间，就这样到此为止。在地球上，她永远停留在十六岁。

亲爱的海琳：

星期天比较合适，4点之后。我有东西要送给你，你看到之后一定会很开心。我正在创作一首新歌，希望得到你的帮助，目前状态很混乱。请告诉我，星期天你是否有空。

爱你的，路易斯

海琳把她的信和邮件藏在一个巧妙的地方。几个月前，我只找到路易斯写给她的信。这些信大多数都被叠起来，堆积在玩具熊肚子上的拉链里面。我会是除她之外，唯一看过这些信的人。即便是警察来到家里，粗鲁地检查海琳的房间（似乎她就是凶手），也没有发现它们。

现在，我把这些信转移到了地下室，自从海琳死后，基本上没有人来过这里了。爸爸妈妈从来没有下来过。过去，海琳就是在这里练习唱歌，因为她不想被人打扰。如果她唱歌很大声，哪怕你在厨房，也能听到她的歌声穿透地板。

我猜，她是和路易斯一起在唱歌。想太多关于他们的事情，人们总会嫉妒得很难过。可是我一点也不伤心。

我给安娜打了近一个小时电话，可是没有人接。我想问她，今天晚上去看戏剧要穿什么衣服。最后，我只好打电话给凯文·莱德，我必须打电话给一个人。不知为何，我的心跳在加速。看那些情书，总让我的情绪变得很奇怪。

我和凯文没有什么话讲。我问他他的头发是否还在。

“你什么意思？”他问道。

“蓝色的头发。”我说。

“是啊，”他说，“这是永久性的。”于是我问他他妈妈有没有被吓晕。

“很显然。”他说。

我们都笑了笑，气氛很好。

“我也一直在考虑换发型。”我说。

“可以染个不同的颜色。”我告诉他。

我问他有没有什么好看的发色可以推荐。

“你可以自己给自己染色。”他告诉我。

我问他能否找个时间教我，他说：“没问题。”

“不过这是化学物品。”他说。

“我不担心化学物品。”我说。

“千万不要染成蓝色。”他叮嘱我。

“嗯，”我说，“我不会的。”

“这是你的颜色。”我跟他说。

我就是这样，跟对的人说对的话。

“再说，我染蓝色也不好看。”我说。

“你可以染黑色。”他说。

“黑色”这个词吓了我一跳。

“我必须考虑一下。”我说。

谈话接近尾声。

“我必须走了。”我说。

我没有跟他说，我要和父母去戏院。我不想给他留下错误的印象。好像我是那种害怕一个人在家的小孩一样。

我希望他把我想象成拥有黑色头发的女孩，即使这不是我想要的头发颜色。我更喜欢红色。不过如果我染成红色，可能会被闪电击中。看到的人可能也会不高兴。又或者，谁知道呢，可能他们会很着迷。我唯一能肯定告诉你的就是，他们一定会注意到我这个变化。“看看她，红发小美女，我们最好留心她。”我甚至已经听到他们的评判了。

10

很显然，这部戏剧与宇宙没有关系，与行星也搭不上边。它主要是讲述乔、茱蒂姆以及她们智力发育迟缓的女儿。你猜她住在哪？冥王星，密苏里河。这个地方甚至是空想出来的。

这部戏剧明显不是我喜欢的类型。大家相信里面的一切，可是情节真的很无聊。即使一直希望智力发育迟缓的女孩能够暗自飞起来或读懂人们的思想，可事实并非如此。她就是这么一个有智力障碍的人，她几乎都没有一句台词。对于一个演员而言，这真是个糟糕的角色，她大部分的表演是流口水。

妈妈穿着一件黑色连衣裙，上面绣着银花图案。我忘了在试这件衣服时，她有多么的令人不可思议。妈妈把头发盘起来，只留下几根头发落在颈背。爸爸穿的是一套黑色西服，令他看起来像是一个百万富翁。在我出现之前，本来只有他们两个人的。

我只是简单地穿了一条牛仔裤和一件毛衣。我把时尚焰火留在了明天。我已经选好了海琳的裙子。现在这已经是我的裙子了。

希望到时候我会感觉好一点。这部戏剧的内容到现在还让我感觉很不舒服。大脑也很晕。不得不说，真是一个糟糕的晚上。真讨厌。可恶至极。

我们的座位很不错，对于这样一部烂剧，好座位会是你唯一的安慰。这个排序仿佛是死囚区。爸爸坐在通道边上，妈妈坐在他旁边，再接着就是我。在某个时刻，爸爸牵起妈妈的手。正是当戏剧播放到悲伤部分时，茱蒂姆正讲述着遇见乔之前的生活，那时她是一名专业的滑冰运动员。剧院外面的标语说“有趣且很感人”，可是我一次都没笑过。爸爸一共笑了三次，但每次都只是动动鼻子。

看戏剧时，真正有趣的是想象这些人并不是真的乔和茱蒂姆。在现实生活中，他们并没有结婚，因为他们只是演员。他的真名叫威廉·米勒，她叫辛西娅·卡利斯。虽然我一直都很同情他们，但我并不知道我到底同情他们中的哪一个，是乔和茱蒂姆还是威廉和辛西娅。

剧间休息时，妈妈去了洗手间。我和爸爸在休息室等她。爸爸要了一杯葡萄酒，我要了一杯果汁和一份甜饼。

“你觉得这部剧怎么样？”爸爸问我。

“我本来以为会很有趣的。”我说。

“这是一种不同的搞怪形式。”爸爸说。

“什么样的？”我问他。他没有回答我。他抿了一口酒，看着天花板上的图案。

“这些图怎么样？”他问我，似乎对这些画很迷惑。

近来，我注意到爸爸开始慢慢消失。他主要是跟随着妈妈一起，可是她到底要去哪呢？

“甜饼好吃吗？”他问我。

“一点也不好吃。”我回答。

我扫视了一下周围时髦的人们，想起了去年那部歌剧里面死去的人。像我们一样喝着酒，吃着甜饼。爸爸眼睛不停地看着洗手间。他看起来有点紧张。

“你妈妈进去很长时间了，是吗？”他说，似乎在请求帮助。

我问他是否要我进去找她。突然灯断断续续地亮一下，熄一下，意味着我们要回到座位上去了。

“你回去坐下吧。”爸爸说。

我站在那里原地不动，只是觉得应该三个人在一起。

“去啊，”爸爸说，“这样如果我们错过了什么精彩的内容，你还可以告诉我们。你能找到我们的座位，是吗？”

我点了点头，然后让他一个人站在那里，手里的葡萄酒发出亮光。我没有回头看。当从人们身边走开的时候，我很迷信地往回看这一举动。因为曾经看过一则故事，音乐家从地狱走出来时，把一切都搞得一团糟。他本来有机会重生的，但因为焦躁不安，浪费了这次机会。

虽然剧院的帷幕紧闭着，但我依然可以感受到背后人们的呼吸。回到座位时，旁边的妇女看着我，并微笑道：“亲爱的，玩得开心吗？”

她是一个老人，身上散发出花香。

“是的。”我说。

“我喜欢里面的小女孩，”她说，“真令人心碎。”

“你认为这部戏剧好玩吗？”我说。

“喔，当然，”她说，“妈妈是个很搞笑的人。”

我跟这位老妇人说，我没有听到她的笑声，她说，她在心里笑。这样的解释真有趣。她轻拍了一下胸口，告诉我她秘密的笑隐藏的位置。然后灯熄灭了，她“嘘”了一声，似乎一开始是我找她聊天一样。

帷幕打开，呈现出完全不同的世界。客厅消失了，整个舞台换成了白色。我无法分辨这是想我们把它看成北极，还是天堂，又或者是试图阻挡我们的视线。灯光明亮得有点过分了。

露西一个人站在舞台上。露西就是那个女儿。她只是呆呆地站在那里，很长一段时间，什么也没发生。好像这是一个错误。终于，露西开始发出声音。一半像动物，一半像婴儿。我想，这个可能就是所谓的有趣的部分吧。我看了看旁边的老人，她正用手捂住她的嘴巴，眼睛像疯了一样。

等我重新看回舞台，已经开始下雪了。这不是真正的雪，但不管怎样，比真正的雪好看。非常奇妙。露西看向她的右边，然后看左边，突然，她尖叫起来。这是野性的呐喊。

露西停止尖叫，她看向观众。正对着我。我坐在第三排，非常近。

“帮帮我。”她说。我不喜欢这样的乞求。我转身，爸爸妈妈都不在。当我再次把目光转向舞台，露西仍然在盯着我看。

“我想回家。”她说。可是语速很慢，她其实是在哭泣。

我能感觉到脖子正在发热。

我向那位老妇人求救。她只做了一个手势，示意我应该起身，做点什么。

“这是一部戏剧而已。”我说。

我不知道正在发生什么，好像做梦一样。

老妇人凑到我的耳边，说：“观众参与部分。”

露西向我伸出了一只手。

“我不知道台词。”我说。脖子好像火烧一样，喉咙也在冒烟。

“勇敢一点。”老妇人说道，并顺手推了推我。

我看着露西，摇了摇头。每个人都朝我的方向看来。我感觉甜饼在胃里面翻动。最终，露西只好转向别人。谢天谢地，那是一个穿着红色衬衫的男人。他起身，走上舞台。老妇人向我吐了吐舌头。我说，浑蛋！当然，我没有叫出声来。只是在心里骂她，就像她那愚蠢的笑。

我不知道这个身着红色衬衫的人为露西做了什么，因为当时我在四处张望，寻找爸爸妈妈。不过接下来我知道，雪停了，露西正在吻男人的脸颊。并说道：“谢谢你。”我看着这个男人回到自己的座位，他一边微笑，一边擦掉肩膀上的雪花，好像自己是个英雄。

当我再次看向舞台，所有的家具又搬上去了，我不知道他们是怎么做到的。露西瘫坐在客厅中间，安然无恙，并时刻发出声音。然后，乔和茱蒂姆若无其事地进来了。他们又开始了无聊的闲谈。

当时，我感到一阵恶心，对着妈妈的空座呕吐。我把头压得很低，防止再一次吐出来。突然，有人轻拍我的肩膀。可惜，不是他们，是老妇人。

“给你。”她一边说，一边递给我一块手帕。

“擦干净座位。”她说。

等我坐起来，我没有再继续看这部戏剧。我闭上眼，倒数时间。我的脸感觉要融化了。最后，戏剧结束时，我跑下通道，此时所有人爆发出热烈的掌声。我突然意识到，老妇人的手帕还在我这里，于是我把它丢到地上。爸爸妈妈在后门，我本想跳到他们身上去，可是我没有，我只是怒气冲冲地从他们身边经过。

“嘿，嘿，”爸爸叫道，“慢点。”

我冲到门外。天气变冷了，风用力地吹打着一些旗帜。

“他们不让我们进去。”爸爸说。

我看着妈妈。

“你没有看到吗？”我简直要疯了，她竟然没有看到那些雪，那个人的尖叫声，还有我在她座位上呕吐的样子。

“我们在后面看到了。”爸爸说。

“你们怎么能就这样消失呢？”我说。

“你在说什么？”妈妈说。

爸爸问我到底出什么事了。

“我身体不舒服。”我说。

妈妈摸了摸我的额头，但这并不能代表什么。她的手放在我额头上的时间甚至不超过一秒钟。

“你没有发烧。”妈妈说。

“你怎么知道。”我冲她大喊。

爸爸咳嗽了一声。“我去取车。”他说。

我冷酷地盯着妈妈。

“我还以为这是一部关于太空的戏剧。”我说。

妈妈笑了。“别那么搞笑。”她说。

我又感觉到以前那种情绪了，此时，我更加讨厌她了。

“演出很好啊！”妈妈说。

“胡说八道。”我说。

妈妈轻轻地笑了一下，不过我能看出来非常假。辛西娅·卡利斯本可以表演得更好。妈妈的裙子在风中飘动，我希望，风干脆把它吹走。

“你说什么？”妈妈说。

“没什么。”我说。我感觉到路灯穿透我的脸。

“给你。”妈妈说，将一件毛衣披在我的肩膀上。

“我不冷。”我说。其实我已经快冻僵了。

我能看出来，妈妈很担心我会尖叫起来。这种叫声就像做噩梦初期的几个月，我总是从梦中惊醒。在某种程度上，我认为我把妈妈紧紧地抓在手掌中。我想象着把她捏成碎片。我想把我的手指伸进她的喉咙，逼她唱歌。

“你爸爸来了。”她说。

爸爸开车过来，我跑向它，躺在后座上，并用妈妈的毛衣包裹着自己的头，暗示他们，别理我，私人空间。

在回家的路上，大家一言不发。妈妈的毛衣喷了香水，是那种我喜欢闻的香味。不过今天晚上，这种香味却让我恶心。某一刻我听到爸爸妈妈在说悄悄话，可等我从毛衣里面探出头来，才发现是收音机的声音。爸爸把声音调得非常低。原来，是陌生人的声音。

我想，我必须离开这里。于是，我哭了起来，但又咽回去。

“你怎么了？”妈妈问。

我假装停止呼吸。让自己呈现为一个死人的状态。

但很快，我又不得不开始呼吸，因为我忍不住了。

车驶入住宅前的车道时，我透过后视镜看到爸爸的眼睛。我想他也在看我。我们对视了一秒钟，这面夹在我们之间的镜子就像显露出来的真相。

车真的太小了，我只有歪着头。在车里，我又吐了。我感到一阵晕眩。时间真是个有趣的东西。几年前，他们可能会走到车后面，爸爸抱我进房间，把我放在床上。数百万年前，也就是在我小时候，他经常这样做。那时，我是世界上的天使。我们是能够生存在地球表面最幸运的人。

11

爸爸说我在大喊大叫。他说:“简直就是精神错乱。”

“我说什么了? ”我问他。

他说他没办法模仿出来。

我问他现在是几点钟，他说是凌晨 3 点。

“好好睡觉。”他说，声音很温柔。当然，他是我的爸爸。

我刚刚把被子踢掉了，现在他又重新盖在我身上。

我问他我有没有叫出谁的名字。

“没有。”他说，“闭上眼睛。”

然后，他走了。我甚至都不知道他是怎么从我房间消失的。整个晚上，他重复着进来，离开，像《海洋世界》中的海豚一样。妈妈只进来过一次。其实她并没有真的进来，只是站在门口。

进来的主要是爸爸。某个时刻，他从我的书架上拿起一个玩具娃娃。将它放在我的被子里。“现在的年纪还可以玩波莉的，是吗? ”

“那个不是波莉，”我说，“那是格瑞斯。”

“那哪一个是波莉？”他问我。

“波莉死了，”我说，“波莉很早以前就死了。”

“噢，”他说，“那好吧，格瑞斯。”

当爸爸把它放在我的旁边，我只是静静地让它躺在那里。没有将它拥入怀中。我假装不认识它，不喜欢它。在我编故事时，可以尽情以它为主题。那棵“树”曾经告诉我，我的想象力很丰富。他说，不过你要小心，不能太过火。

太过火是什么定义？我心想。既然男人可以把女孩推到行驶的火车前，那还有什么能够称得上过火呢。

看得出来，太阳还没升起。

H.S.S.H。

我看到光线开始照射到窗户，这是第一缕阳光。

“请帮助我。”我自言自语。我也不知道在跟谁说话。是跟她吗？我在跟你讲话吗？

实际上，我都不知道你是谁。

你是观察者？我心想。

你在这儿吗？

12

在海琳十四岁生日那天，妈妈带我跟海琳去了一个农场，在那里，我们可以骑马。妈妈年轻时经常骑马。很显然，这曾经是她生活中很重要的部分。起初，我并不敢接近这些马。妈妈问我是不是很害怕，我说是的。她跟我说不用怕，因为马是世界上最亲切的动物。其实真正让我害怕的是它们长长的头，还有用来嚼东西的牙齿。它们吃东西时，嘴巴通常向旁边拉扯移动，看起来好像存在心理问题。

妈妈指着一匹很大的棕色马匹说：“它看上去比较适合你，过去吧，”她说，“你可以亲抚它。”

我看着它的眼睛，它给人一种非常聪明的感觉。当我触碰它时，它摇了摇尾巴，我感觉自己就像一个皇后。然后它晃动一下头部，热气从它的鼻孔里面喷出来。我立刻跑得远远的，妈妈笑了。“它只是很兴奋，”她说，“它喜欢你，玛蒂尔德。”

妈妈笑得很灿烂，她的脸颊因为冷空气，显得通红通红。

“为什么你不先骑着试一下？”我说。

她真的骑了。只见她骑上棕色的马，朝我挥手。虽然我听妈妈跟我讲过很多关于她骑马的故事，但我从未真正见过她骑马的样子。她跳过栅栏，获得很多蓝色丝带和战利品。曾经她把这些东西挂在自己的卧室墙上，不过现在它们已经被转到地下室的箱子中了。故事是这么描述的。

海琳那天也骑马了。虽然她以前只骑过一次，但她骑起马来真的很自然。她知道该做什么动作。海琳骑着一匹灰色的马，追上妈妈。她们径直往远处有树的地方骑去，树大概有五英尺高。看起来，她们俩才是姐妹，而我是妈妈，这样我会为她们感到很骄傲。多美好的一天啊！

这也是我们坐在桌子上能够一起谈论的话题。讲讲关于海琳的故事以及我们印象中最深刻的日子。估计这是正常人伤心的方式之一。

然而，姐姐去世一年后，我不得不醒来。我不得不穿上她的裙子，像一个幽灵一样进入房间。虽然这种方式很可怕，但也是唯一的方式。

刚从床上起来，头有点晕。即使是现在，走得快一点，也会感觉喘不过气，像狗一样。

我把裙子放在床上。这是一件黄色的裙子。黄油的颜色。上面还缝了一些绿色针线。妈妈一定会记起这件裙子。真是太神奇了。绿色线缠绕黄色，如同一首歌。这件裙子是一个男孩送给海琳的礼物。她没有说过是谁送的。但当一个男孩第一次给你送裙子，意味着你已经不是处女了。海琳穿着这件裙子下楼的那一瞬间，我们都知道她已经变了一个人了。

爸爸妈妈或许认为他们能够让我睡着。或许他们偷偷希望我身体不舒服，在床上待一天，第二天再起来。我能听到楼下电视的声音。很奇怪，他们一般不会在早上看电视。更奇怪的是，他们没有上楼跟我说一声早上好，也没有问我感觉怎么样了。整个晚上，他们都是过来一下就走了，像海豚一样。但早上，他们又恢复了人类的身份。保持距离！

裙子穿到一半，我又把它脱下来。

我把门反锁。

裙子皱皱地掉在地板上，我将它捡起来，平摊在床上。我从头上拔下两根头发，只为了休息片刻。然后深呼吸，我再次把裙子穿上。阳光照射到窗户上，如同在脸上掴了一巴掌。我看着镜子里的自己，几乎一点勇气都没有。不是因为我穿着很糟糕，而是我穿得很好看。裙子简直太合身了。我把头发梳理好，捏了一下脸颊，鼓励自己。仿佛自己是一个新娘。

一切准备就绪。我要下楼了。我不在乎这会不会是我能做的最后一件事。我亲吻着镜子里的自己，这个动作把我吓到了，因为我的嘴唇是冰冷的。或许镜子里的嘴唇才是冰冷的。但很难区分。

13

我不知道祷文内容是什么，我也不知道该如何开始。本应该有人教我至少一种祷文的，专门为这种时刻。

我走下楼去，这是第一件要做的事情。

我下楼，闻到房间里有一股烟味，除了电视发出的声音，一切都显得很安静。于是，我走向电视，走到客厅。

妈妈和爸爸都在那里。他站着，她坐着。两个人都在看电视。妈妈的身体挡住了电视画面。她只穿了一件内衣，和平时不一样。我能看到她背后的雀斑。为什么他们在看电影？我心想。他们完全融入到电影情节里去了。真扫兴！

接着，我听到电视里面传出“身份不明”的话，我立刻联想到了飞碟。为了引起大家的注意，我咳嗽了一声。

妈妈转过头看我时，眼睛里面含着泪水。她盯着我看，我站得笔直笔直的。我等着她说点什么。然而，她只是张开嘴巴，一言不发，便继续转过头去对着电视。

爸爸的表现也一样，眼含泪水，却一句话不说。

起初，我认为我达到了自己的目的。我让这一幕发生了——悲痛。

可电视依然是令人困惑的部分。

突然，我又觉得是他们试图使我发狂。我开始向妈妈身边走动，以便看看他们在看什么电视。是一个关于地震或火灾的电影。里面有人在尖叫，有人在跑。看起来像是一部灾难片，如果不是，那只能是新闻。

爸爸走过来，紧握着我的肩膀。

“又遭到了一次袭击。”爸爸说。

我又看了看电视，可怎么也不明白。画面出现了很多烟和碎石。还有一些人躺在地上，一动不动。

“这是哪儿？”我说，“哪个国家？”

突然，电视中的画面变了。似乎是一个家庭制作的视频，只是在火灾之前。能看到一栋很大、完好无缺的白色建筑。很多人正往里面走，大多数是穿着黑色套装的男人。拍摄这部电影的人应该是站在一个街区远的地方，而且手一定是在颤抖，因为画面在不停地转动。

接着，是爆炸声。整栋建筑开始摇晃，如同沙漠中的海市蜃楼。再然后，听到一声巨响，整栋楼遭到了损毁，碎片四处飞溅。

“噢！上帝！”妈妈说。

部分碎片落在外面行人的头上。一切变成了灰烬。比歌剧院那次更加惨不忍睹。堪比小时候从我头顶飞过的飞机。

然后，画面再一次切换。举着照相机的人把相机绕了一圈，对着自己的脸，这是一个蓄着胡须、拥有一双蓝色眼睛、满脸污迹斑斑的男子。

“你们都会死。”他说。

然后他朝自己开了一枪，所有的画面全部中断了。

“噢！上帝。”妈妈再一次惊叹。

那时，我想起自己生病时，希望有人在我额头敷一块冷毛巾。

“这可能不是真的。”我说。

妈妈开始抽泣。可这都是真的。

“妈妈，”我说，“这只是一部电影。”我坐在她身边，这样让我感觉我会失去知觉。我整个身体在燃烧。

接下来会发生什么？我心想。这个重大的玩笑呢？

电视画面回到了烟雾和人们尖叫的场景。

“我要去学校。”我说。但听起来很滑稽，因为我的牙齿在打战。

“去吧。”爸爸说。他走过来，拥抱了我。

“她不应该看这个。”妈妈说。

“这是哪儿？”我问道。但他们都没有回答我。于是我起身看向窗外，确保不是发生在这周围。

等我目光再次转向电视，看到一个黑人妇女变成了白人。她已经喘不过气来，一个很瘦的白人警察正搀扶着她在街道上走。她一边走，一边发出像露西的声音。

“恐怖分子。”电视上传来一个声音。

此时，身上的黄色裙子显得黯然失色。

我穿过房间，关掉电视。

“你在干吗呢？”爸爸说，“赶紧打开。”

他们都盯着我看，脸都吊着，似乎很无助。他们看起来像孩子一般。

“打开。”爸爸再次厉声喝道。

妈妈像一个白痴一样用手指着电视。

“玛蒂尔德，”她说，“别这样。”

她一开始没有注意，突然她看到了。她的脸色开始变了。

“你穿的是什么？”她说。你几乎听不到她说的话。但她重复了一遍。

“你个臭丫头到底穿的什么？”

爸爸走到我身边，重新把电视打开。“别挡路，亲爱的，”他说，“我知道这部电影让人忐忑不安。”

我目光停留在妈妈身上。虽然她的眼睛里面仍然还有泪水，但已经无法分辨这泪是为损坏的建筑，还是海琳。

“去，把衣服换了。”她说，甚至看都不看我一眼。

我愣在那里，一动不动。我能看到妈妈的身体在颤抖。

“不。”我说。

妈妈从沙发上站起来，走到我身边。她看起来似乎需要手杖。

“你知道自己在干什么吗？”她如此迅速地抓住我的肩膀，

让我感到很害怕。

“你觉得这样很好玩吗？”她说。

“米歇尔。”爸爸一边说，一边努力把妈妈从我身边推走。

可是妈妈更有力一些。她直接把爸爸甩开。

最终，只剩下我和妈妈，我们目光对视着，仿佛世界上只有我们两个人。我能看到，它要来了，如同我和妈妈很久以前的一个约定。她的手挥舞过来，扇了我一巴掌。任何人都能感觉到疼。

爸爸与此事无关，他知道。只有妈妈这么做了。

“上楼，换衣服！”这句话像一条蛇从她的嘴巴里面冒出来。

突然，爸爸走到我们中间，妈妈让他搀扶她到沙发上。他小心翼翼防止她摔倒。很显然，妈妈是他最关心的人。

此时，她正假装自己是个死人。她闭着眼睛。爸爸看着我，仿佛我伤透了他的心。他摇了摇头。

对不起，我想对他说。当我从他身边走过，他甚至都没有碰我。

“数百人死亡。”电视里说道。

爸爸瘫坐在妈妈身边。我走到他们背后，但没有离开。我站在门口看他们。妈妈穿着内衣，爸爸只穿了一条短裤，没有穿衬衫。电视仍然在播放充满黑烟和碎石的电影，但我没有看。我只看到妈妈后背的斑点舞动着，如同显微镜下的细菌。爸爸像一个男朋友一样把手臂环绕在她的肩膀上。他的头发没有梳理好，到处竖起来。我不爱他们。一点都不爱。

我像一个幽灵一样站在他们身后。

爸爸妈妈的身体时而挺立，时而下垂，好像是在笑。爸爸的手抚摸着妈妈美丽的颈部。他们就坐在那里，仿佛一对情侣在露天电影院看电影中的世界末日。穿着内衣裤，似乎暗示他们刚刚做完爱。

我美好而又可怕地认为，我还没有出生。爸爸妈妈还年轻，这次做爱只是创造了海琳。

你们都会死。

不，不，不，我说，好像我在和一个人谈交易。让我回去睡觉吧，我说。实际上我是在央求。让我回去睡觉吧，等我醒来，我保证，我保证，不会再记得。

第二章
弗兰肯斯坦实验室

一些不知名的银色坛子。
手指和脚趾。
切好的大脑。
谁知道奶奶从上到下都放了什么。

或许她就是一个疯子。
或许她就是那个对爷爷下毒手的人。

14

“我们身处一个战争的国家。”总统说。他的嘴巴上下抖动着。“敌人在暗处。”他继续说道。虽然我不太明白，但仍然感觉很可怕。我们总是很容易拍到着火的景象，包括自己的房屋。有一次，我看到电视上一个女孩在一面破损的板墙下，寻找她的亲人。尽管那不是一场战争，而是龙卷风，但给人的感觉差不多。破碎的木板是她家房子唯一的残留物。她的脏裙子在风中飞舞，如同死亡的召唤。“我以后能住哪儿呢？”她不断念叨。这种感觉比自己喝醉酒痛苦十倍。最后，她找到了一些金属板，只不过都碎成块了。有时，战争过后的重建会更加艰难。数千人四处徘徊寻找水喝。若是灾难发生在冬天，我们能做什么？仔细推敲才发现，原来房子如此脆弱。

我偶尔还会想到班上的艾亚德同学，如果他是其中一分子。我指，恐怖分子。我知道，他不是，但我还是会娱乐一下自己的思维。

上个星期，艾亚德妈妈在购物的时候曾被人推了一下。他们把她推倒在地。我不明白为什么她不能穿得正常一点，脱掉那套恐怖分子似的衣服。大家都喜欢被人接受，也最好尝试着这么做。为何要招惹麻烦？我发现，艾亚德经常低着头，在我看来，这最好不过了。因为这样令他看起来很友善，不存在危险。而他的名字倒过来写就是Daye，寓意也积极向上。

即使艾亚德不是恐怖分子，他也可能跟他们中的某个有关。昨天，他穿了一件上面显示一面旗帜的T恤衫。这是我们的国旗，我猜也是他的。不管怎么说，我都觉得这是很尴尬的事情。而且会让人产生怀疑。好比穿着一件印有自己名字的衬衫。假如我看到一个男孩穿着一件印有Joe一词的衬衫过来跟我打招呼："你好，我是乔伊。"我一定会对他是不是乔伊感到怀疑。我不会完全相信他。有时我会刻意观察艾亚德，试图解读他的思想，但我发现很难。我有告诉过你，他的牙齿很白吗？真的很好看。假设我爱上他了，人们会怎么想？他的确是一个很帅气的男孩。但"专家"说，无论你怎么看他，都不可能完全信任他。

"提高警惕，注意安全。"现在到处都是这个标语。用红色的字母印在学校每个角落。每当遭遇恐怖袭击，我都会下意识偷偷看看艾亚德的反应。但他每次都跟大家一样，表现得很惊恐。

我会时不时想象炸弹捆绑在学生身上的场景。自杀的孩子因为自己的原因放弃生命。在那些存在诸多问题的国家，这个现象越来越严重了。就在上个星期，有一个年仅十五岁的女孩自杀了，而且还带走了另外二十八个孩子的生命。我跟安娜提起过这件事，安娜说："太可惜了！"

"可惜什么？"我说。

安娜回答："生命啊。"

"谁的生命？"我问她。

她说："那个女孩的。"

"那其他受害人呢？"我说。

"他们也很惋惜。"安娜说。

"他们为什么也要这么做？"她说，"这样毫无意义。"

"你不懂，"我说，"他们是狂热者。"

"狂热者？"安娜说。我解释就是满怀热情的人。

"我不喜欢他们。"安娜说。

"他们也不喜欢你，"我说，"不喜欢我们任何一个。"

"为什么不喜欢？"安娜问道，"难道他们希望每个人四处走动时，还把被单裹在头上吗？"

安娜话音未落，我便笑了起来，我知道她对此很疑惑。自杀小孩和把被单裹在头上的人不一样。如今世界上不只存在一个问题国家。有时连我自己也很迷茫。

"被单裹在头上很有吸引力，是吗？"安娜问我。

"那是当然。"我说。于是抓起夹克衫，裹住自己的头，只露出眼睛。

"像这样？"我说，一边发出含糊不清的声音，仿佛在讲鸟语。我们两人几乎都要尿裤子了。安娜倒在床上，猫咪正罪大恶极地给自己洗澡。它用舌头舔自己的腿。声音就像有人在一块水果上面玩乐。

“我有时候会担心我哥哥。”安娜说。

“他会没事的。”我说，虽然我自己也不相信。到处传来士兵死亡的消息。即便回来，也经常看到少一只胳膊或一条腿。

安娜问我是否会为他祈祷，我说会的。我之前没有提起，也不知道什么祷文。我明白，我只需要在网上搜一下。

过一会儿，我问安娜是否愿意为自己的信仰而死。

她说不愿意。

我再问她是否会舍己救人。

“救谁？”她问我。

我，我心想，但我不会说出来。

“你妈妈。”我说。

“我不想玩这个游戏。”她说，然后起身走到窗户边上，看着窗外。

我走过去，站在她身边。我们只是看着窗外，明显在等待什么，不过肯定不是你能找到的东西。

“你必须坚强一点。”我说。

我把手放在安娜的肩膀上，此时我只能这么做。我依旧能听到猫在床上舔东西的声音。真是一只只会流口水的猫！

你是否注意到，一切事物最终都能够归结为动物？近来，这个问题成为我脑海中第一个主题。不仅是猫和狗，还有恐怖分子和在女孩上面的男孩，甚至某人自己的妈妈手忙脚乱在厨房干活。当我看到时，我无法相信，但她就在那儿。自从 H.S.S.H 那天过后，她就一直处在混乱状态。如果你爱的人变成了动物，真的是件很糟糕的事情。你甚至会害怕靠近它们。

15

我注视着她，但她并不知道我在那儿。过去她经常说，她后脑勺儿也长了眼睛，不过我猜它们都瞎了。此时，她正跪在厨房，完全像一只狗一样，吹气，喘息，从橱柜里面拉出东西。我忍不住盯着她看，看到她脚底是黑色。

你在找什么？我差点说出口，不一会儿，她就找到了。一个瓶子。我从门口跳出来，躲在走廊中，好像一个警察隐匿在一间有着潜在危险的房间外。我能听到伏特加酒一次一次倒入瓶子中的声音。她在喝酒。她的喉咙发出灌水的声音。这是一个很好的机会，我突然出现，吓吓她。

不过我现在不会再干这样的事情了。我不会打扰她。我只想在远处看着她，不掌控她。虽然我希望这么做，但是这段时间我担心如果我再做什么太让人震惊的事情会杀了她。摔坏盘子不再是一种能让她理解的方式。在处理类似这种情况时，你不得不利用好心理学。

最近，妈妈经常待在家里。没有去学校。爸爸说，她休了几天假。上个星期是最难熬的一段时间。我看到她在卧室，关上窗帘，灯也不开。虽然是白天，她也把房间弄得很暗。最主要的，是她裸着身体，蜷缩成一个球，手放在两腿中间，听起来似乎在呜咽。我想她可能是为自己才这么做，就像爸爸的杂志。她们都不是在哭。

我开始幻想着妈妈的寂寞。以前我从未想过这个问题，因为有爸爸。婚姻的意义不就是表示不再孤单了吗，或许并非如此。

现在，妈妈又在厨房喝酒，过一会儿，她就要睡觉了。这是她新养成的生活规律。爸爸因为在学校有很多事要处理（他是这么说的），所以很长时间不在家。有时，他在我睡觉前才回来，我们会在厨房一起吃东西。

“你妈妈在干吗？”他经常问我。

“头痛中。”我说。

“给她点时间吧。”他说。

这些话已经成了我们标准的对白了。

我有时会想着应该去看看她，爬上她的床，跟她睡在一起。但问题是，海琳死后，我哭了几个月的时间，妈妈却当做没听见。海琳走后，我基本上就是一个人了。爸爸虽然在家，但毫无意义。爸爸是爸爸，爸爸不能替代妈妈。妈妈本应该起着完全不一样的作用，是一个人生命里很重要的一部分。

“你为什么站在那里？”妈妈从厨房里走出来，说道。

她的手里仍然拿着酒，糟糕的是，她朝我走来，我能闻到她身上散发出来的酒味。她甚至还亲了我一下。她的嘴唇触碰到我的头顶，但几乎毫无感情，如同僵尸的亲吻。接着，她消失在了浓雾中。虽然你看不到雾，但在房间的每个角落，都能感觉到烟雾的存在。

恐怖事件发生已经过了五个星期了。H.S.S.H也过了五个星期。周年纪念日后的第一天，爸爸带了一些花回来。观星者，海琳的最爱。妈妈把花放在花瓶中，至今没有扔掉。此时，它们已经不再是花了，基本上成了扁扁的碎屑了。我只能说，糟糕透了。

很幸运，我现在也拥有一本《圣经》。安娜借给我的。我将它放在桌子上，这样异教徒的人就能看到了。有时我也会把它摆在餐桌中间。

太初有道，道就是神。

其实，道不是神。道是加利福尼亚。这是海琳经常说的一个地方，她说等她老了就去那里生活。当我把这个词输入电脑，电脑暂停了一下。接着等我打开邮箱，听到有音乐在播放。“*Welcome HeyGirl*！”以漂亮的蓝色字母呈现在屏幕上。我无法形容自己当时的心情，仿佛收到上帝的一份礼物。我终于进入海琳的邮箱了。然而，我内心的兴奋很快便消失了。因为邮箱里面是空的。画面显示“你没有任何信息”。我几乎要尖叫起来。

邮箱里面甚至连以前的信息也没有。时间太久了，所有的邮件都没了。这真的可以算是最后一根稻草了。我心想，为什么上帝开启一扇门，却只呈现空白呢？我不得不怀疑上帝跟无穷尽是一伙儿的。

安娜说，无论如何，我都必须热爱上帝。她还说，我不能质疑他。其实，能闯入海琳的娱乐空间的确把我跟上帝的距离拉近了一点。我想得越多，越不在乎这里面是否是空的。因为，大家都知道海琳已经死了，所以没有人给她写信也很正常。

可我不禁思考，假如我用别的方式告诉他们？假如我通过海琳的邮箱发邮件给某人？或许在活着的人的帮助下，死人也可以做点什么。或许鬼魂并没有消失，只是需要人去发掘他们。一旦他们复活，就能为所欲为了。

一开始，我是想发一条简讯给海琳以前的一个男朋友。后来，我想还是发给妈妈吧。当这个念头出现在脑海里，我的心脏简直要停止跳动了。能想到这个主意，我真的太聪明了。我躺下睡觉，感觉自己像一个恐怖分子。但我并不杀人，我会把他们带回现实生活中。这是一种完全不同的恐怖行动。上帝的恐怖行动。

16

在学校，维埃塞夫人要我们保持一分钟的安静。每天早上8点48分，总会发生爆炸事件。周围的一切事物突然变得鸦雀无声，一分钟之后，又会复苏。如同人们潜入水底，测试自己能屏住呼吸多长时间一样。每当我们保持安静，我都感觉会有事情发生。实际上并没有。没有轰隆声，没有闪电，甚至连鸟都没有飞到教室。没有任何迹象表明，保持安静是在聆听。通常，这让人很失望。同时，很局促不安。维埃塞夫人站起来，低头鞠躬，大家也都效仿她的动作。一分钟其实很长。一个人在一分钟的安静时间里，都能写出一本小说了。

“不要看表。”维埃塞夫人总是这样告诫大家。

有时听着时钟滴答滴答的声音，我会感到暴怒，不得不咬自己的内脸颊。

在其他班上，有些老师会念出死人的名单。由于这些人因国家灾难而死，所以会得到特殊处理。不过我看不出来他们和其他死人有什么区别。在沉默中，我偶尔也会控制不住喊出她的名字。这么安静，我简直要疯了，没有人会想到我，想到我的家庭。

今天，在这一分钟期间，布鲁斯·塞拉斯笑了出来。我很高兴，她笑了。与此同时，另外几个同学也跟着笑了。顿时，好像魔鬼从教室飞过。维埃塞夫人的脸瞬间变得通红，并用手指指着布鲁斯·塞拉斯，尽管如此，她依然没有打破她的沉默。布鲁斯立刻严肃起来。一分钟过后，维埃塞夫人爆发了。她的身体在颤抖。我甚至怀疑，是不是在那栋爆炸的大楼里面有她认识的人。她咆哮了近五分钟的时间，无休止地强调要尊重死人和国家。之后，我们恢复了数学课，真的很难懂。即便是维埃塞夫人，也不知道自己到底在讲什么。她不断重复“我”，在计算的时候竟然算错了三次。我本想纠正她，但想了想，还是闭嘴吧玛蒂尔德，不要管这个可怜的女人。

午饭期间，我看到凯文在草坪上。我问他是否会做一分钟的祷告，他说他做了。他还告诉我，今天有两个女孩子哭了，一发不可收拾。我跟他说，我们班也出现了这种情况。而我也哭了。

“太可怕了。”我说。

“简直是恐怖。”他说。形容得太准确了！

凯文的头发依旧是蓝色，依旧那么漂亮。我四处寻找安娜，可没看到她。我想看看他们两个人站在我身边的场景，一个金发碧眼的美女和一个染着蓝色头发的帅哥。

“我一直在想。”我说。

凯文看着我，丝毫没有不耐烦之意。其实，我们保持着很好的眼神交流。突然，我注意到凯文的头发并非只是蓝色，甚至还在发“怒”，因为有一部分像小飞刀一样竖了起来。

“我一直在想，或许我们应该考察一下我家的地下室。”我说。

“你什么意思？”他问。

“以防遇到灾难。”我回答道。

“你会去哪儿？”我问他，“你有什么地方可以躲的吗？”

他说他家有一个阁楼。我告诉他阁楼并不是很理想的隐藏地。

“因为这不是纳粹人，”我说，“而是炸弹。”

“地下室会比较好。”我说。

“如果是生化武器，”他说，“地下室也不会安全。”

“但殃及的速度会慢一点，”我说，“至少，你还有机会。”

他看着我，好像我在开玩笑，其实我是非常认真的。我知道所有潜在的危险，因为我们在班上做过紧急措施。我问凯文是否完成了 fema.gov 网站上“灾难史上的今天”这一栏。

“有时候会，”他说，“但我现在厌倦了。”

在 fema.gov 网站上，人们可以进入到一个日历中，单击任意日期查看当天是否有灾难发生。人们总是能发现灾难。一场火灾、一次洪水、一场龙卷风，有时甚至是恐怖事件。当然，恐怖事件比水灾和火灾要少。但据网站介绍，恐怖分子还在继续计划更多的恐怖事件。

我告诉凯文，我已经开始把食物和水存放在地下室了。

“无论如何，我都会跑到下面去，”我说，“我觉得必须考验一下它。”

“和你父母吗？”他说。

我说：“不，我一个人。”

“我不会告诉他们。”我说。

“他们会听到你的动静。”他说。

我只是笑了笑。“我们一定要保持安静。”我说。

我告诉他安娜也会跟我一起到地下室去，其实我还没有问过她。

“安娜·麦克道格尔？”他说。他的发梢在空中扬了起来。

我必须格外小心，我心想。

“你什么时候行动？”他问我。

他稍后向我靠近了一点。“我们必须先开个会讨论一下。”他说。

一只鸟儿从我们的头顶飞过。那一刻，我以为是敌人的飞机，我真这么想。我的心跳在加速。有趣的是，虽然它不是装载着炸弹的飞机，但过去是。只见那只鸟停在一棵树上，然后拉了一坨大便在一张餐桌上。“拉屎”听起来似乎不是真的。大便！

“噢，上帝，”我说，“太粗鲁了。”

凯文拍了拍手。“赶快离开这儿！”他说，鸟儿真的飞走了。它又停在下一棵树上，眼睛一直盯着我们看。我心想，是谁派它来的。这是谁的鸟儿？

“你这个周六来我家吗？”凯文说，“我爸妈会出门。”

“我们可以计划一下。”他说，只是想让我明白这不是约会之类的事情。

“好啊！”我说。接着，我们两个人都感觉很尴尬。

凯文点点头，看着操场，离开了。他把双手插在口袋中，转过头，吐了一口痰。这个动作真的令人厌恶，但不影响。太阳照耀着每个方向。突然，我生平第一次感到如此开心。我试图吐痰，但只流了点口水。

“你到底在看什么？”我问那只鸟。我对它挥了挥拳头，但并没有把它吓跑。甚至连眼睛都没眨一下。

研究恐怖分子其实有很多种方式。你必须问自己，他们是抱着怎样的情绪，是愤怒、悲伤还是邪恶？这同样是我要问那名男子的问题。那个把海琳推向火车的男子。

如果他们很生气，你需要让他们冷静下来。你所要做的就是满足他们的需要。当然，除非他们什么都想要，包括你的整个生活。如果他们很沮丧，事情更糟糕。他们之所以悲伤，是因为过去发生的事情。这些事情已经很久了，悲伤的情绪已经浸透到他们的血液中。悲伤是超越逻辑的。几乎成了生物学的范围。

不过大多数恐怖分子是邪恶的，如果是这种情况，那么你也无能为力。因为邪恶是没有原因的。邪恶是上帝的反面，如果你不相信上帝，你只有相信邪恶。

有人说要杀了他们。但幸运的是恐怖分子都非常聪明，他们知道如何隐藏。他们擅长在洞穴里面生活。正如我们所知，他们都是天才。或许他们也曾读过《薄伽梵歌》。我怀疑这本书已经被翻译成了恐怖分子专属语言。所有的恐怖分子都说同一种语言吗？阿拉伯文看起来像是动物们用爪子写出来的字。我喜欢用那样的方式写字。至少比中文好写一些。

他们对我们采取的恐怖行动获得了巨大的成功，谁能料到他们下一次会什么时候再行动呢？现在，他们只是在等待。恐怖分子是非常有耐心的一群人。正如那名出现在火车站的男子。或许他注意了海琳很多年，最后才把魔爪伸向她。而我们不得不经常担心，他的下一个目标会是谁？

我现在脑袋里只想着要杀掉他们。除此之外，我也很迷茫。我有时也怀疑，恐怖分子之所以悲伤，是因为我们做了什么伤害到他们。但是是什么呢？我知道我犯过很多错，但并不是所有的事情都是错的。蓄着胡须、拥有蓝色眼睛的男子自杀的情景总是出现在我的脑海里。我不知道他到底想要什么。

海琳曾经告诉我，“他们会杀害无辜的人，玛蒂尔德。”她并不是指恐怖分子，而是指我们。似乎暗示着我们就是凶手。她有时候看待问题的方式很奇特。当她试图跟我解释这些事情时，会抓住我的手，就像安娜在看恐怖电影时的举动一样。海琳是一个很戏剧化的人，但她不是骗子。如果说她可以接受十个婴儿恐怖分子，那她早接受了。她只是对那些备受压抑的人充满爱心。

街对面的弗里斯克夫人恰恰相反。她家草坪上挂了大约十面旗帜。当恐怖分子看到我们的旗帜在风中飘扬，好像看到披着红色斗篷的公牛。

我不知道是不是这个令他们抓狂，最终导致有人死亡。通常是跟公牛有关，但也不是永远都是。有时斗牛士也死了，是公牛冲向了他。我在网上看到过相关图片，如果你想，网上也有斗牛幸存的图片。不过我不推荐你看，这比你想象中更加可怕。

17

在我还没开始打扫之前，地下室简直就是一个猪圈。厚厚的灰尘覆盖了所有的东西，包括天鹅绒和堆积在地上的盒子。没用的废旧物品因为某些原因粘在一起，分不开。满屋的书、衣服和破损的玩具。还有一些是海琳的物品。一张乒乓球桌、半辆自行车，以及一些过时的家具。部分箱子里面装满了爸爸口中的值得纪念的物品，妈妈称之为垃圾的东西。

这里以前是爷爷奶奶的房子。我不认识他们，因为他们在我出生之前已经去世了。我爷爷好像是从一只狗身上掉下来摔死了。奶奶去世后，爸爸继承了这所房子。糟糕的遗产，爸爸是这么形容它的。因为在这里，经常有东西破碎。但至少，周围的邻居都还不错。

地下室是一间很大的房间。后面还有一间小房。小房间里面装有热水器，还有一排排满满的坛子。

这些坛子里面主要装满了水果，还有一些蔬菜。这是奶奶的杰作。所有的坛子都覆盖了厚厚的灰尘，连标签上的字都看不清楚，都褪色了。大致上，可以分辨出哪些是桃，哪些是玉米。但有些坛子里完全是神秘的块状物和长条。有一个坛子里面好像存放着一些种子，样子看起来跟牙齿一样。这让我联想到幼儿时期的短吻鳄。

“把它们丢出去。”妈妈曾经说过，但爸爸不听，他想保留这些东西。“留着它们没有一点好处。”妈妈说。爸爸同意，不让我们吃这些东西，但他无论如何都要留着，说它们不会给我们带来麻烦。

看到这些坛子，感觉来到了弗兰肯斯坦实验室。还有一些不知名的银色坛子。手指和脚趾，切好的大脑。谁知道奶奶从上往下都放了什么。或许她就是一个疯子。或许她就是那个对爷爷下毒手的人。从狗上面摔下来听起来太不现实了。

我正大量装水。已经靠墙排了十加仑，另外还拿来了一大堆食物。早餐是条状食品、坚果和果汁。还有椒盐脆饼、花生酱和一大罐樱桃味的维生素 C，以防得坏血病。谁也不知道我们会在这里待多久。

我置办了一个手电筒和备用的电池、毛毯，以及在旧盒子里面找到的一把刀。刀装在一个皮套中，这样就能别在腰间。或许这是爷爷的物品，但也有可能是弗里斯克夫人的。我只是觉得有一件这样的物品在身上很放心。以防有入侵者进来。

我已经把大部分海琳的东西整齐地放在一边。用一张薄板遮住。如果凯文和安娜来了，我不希望他们看到这些东西。这样会引起他们的怀疑。

爸爸妈妈并不知道我在地下室。我试图告诉他们有可能会有灾难发生，但他们似乎并不是特别感兴趣。FEMA 建议我们把焦虑和其他情绪向父母倾诉，并讨论家庭是否做好充分准备。不过爸爸妈妈听不到我的声音，仿佛他们已经进入了自己大脑中的防空洞。没有关系。如果他们不想与我分享，那我也一样。

无论如何，地下室经过我的清理，越来越像是一个能够住人的地方了。过去，我常常去男孩们森林里的城堡中玩，有时他们不在那里，我便会走进去，躺在地上。那时是我生命中最开心的日子。

偶尔，我会让路克跟着我一起来到这里。它不会挡着我的路。它会“扑通”一声掉在水泥中，因为这种感觉很好、很酷，它甚至可以闻到地底下泥土的气息，或许还有骨头。印度人的骨头以及任意埋在这里的东西，古代的猫和狗，或者恐龙。没有人知道一座房子下面有什么。你所居住的房屋只是世界历史上一个近来的发展。在房子建起来之前，这里有可能是一片丛林或一个沙漠。数百万年前，它甚至还有可能是海洋的中间位置。你无从知道。你唯一知道的是如今这里的模样。其他的需要你去想象。

“我来不了了。”安娜说，“我妈妈不让我去。”

“为什么你要告诉她？”我说，“这本来应该是一个秘密的。”

“我必须告诉她。”安娜说。

“你希望我怎么做，”她说，“难道离家出走吗？”

“是的，”我说，“就是离家出走。”

我坐在沙发上，安娜坐在我旁边。“很抱歉。”她说。

“难道你要把我一个人留在地下室吗？”我问她。我还没有告诉她关于凯文会来的事情。

“万一我在下面出什么事怎么办？”我说。“你能不能只过来待一个晚上？”我几乎是在恳求她，“就一个晚上。你可以跟你妈妈说是和我睡在我的卧室。”

“我不知道。”安娜说。

“我需要你。”我说。

我看着她的眼睛，似乎在传达：我需要你。

真是神奇的词语。直接进入她的心脏。我看到血液从她的脸颊冒出。

“可能，”她说，“一个晚上可能可以吧。”

接着，她笑了，虽然只是轻轻地笑，但我能看得出来。我知道她跟我的需求一样，都在寻找新鲜的事物、与众不同的东西。有时，安娜看起来就像一个洋娃娃，当她侧着头的时候。如果你靠近一点观察这个洋娃娃的眼睛，就知道她希望自己被撕开。她跟我一样，都想变成另外一个人。

“我们可以一起。”我说，“我和你。”

“可以吗？”我说。

洋娃娃点了点头。

“可以。”她说。她竟然答应了！

上床睡觉之前，我走进厨房，拿起两个布丁和一个勺子。虽然爸妈规定我不能在房间里面吃东西，但我还是这么做了。本来我每天只能吃一个布丁，因为据说布丁的糖分会让我精神错乱。她觉得我会变成气泡。

当我偷偷走上楼梯时，看到爸爸在看我。他的眼睛从他的书中走出来。我一点也不惊慌，也没有试图隐藏布丁。我只是站在那里，等待他的判决。爸爸摇了摇头，虽然没有禁止我吃布丁，但似乎在传达，在这个世界上，我们能拿你玛蒂尔德怎么办呢？玛蒂尔德和她的布丁。

可怜的父亲，我心想，不要太操心了。

我本以为爸爸会阻止我，可他偏偏是那种非要给所有人“好人”印象的人，否则他会难受得想死。这样形容他再准确不过了。经过判断，爸爸没有坏心眼儿。每次想到这个问题，我不得不说，爸爸是海琳的爸爸，而妈妈在我面前扮演的是爸爸的角色。虽然我很不情愿承认，但这是事实。最重要的是，我和妈妈一样非常任性。尽管海琳有时候态度很强硬，可她属于那种很温柔的女孩子。她不喜欢恐怖电影和吵闹声。在很多方面，她都表现得像一只鹿。有趣的是，她相信人类。很显然，这是爸爸的遗传。有一次，我们在放学回家的路上，海琳走向一个双脚发硬、无家可归的乞丐面前，把三明治递给了他。没想到，他竟然开始抢劫，而海琳故作镇定。她身上还有一个肥火腿和奶酪。她把更多的东西给了这个陌生人，甚至从未给过我这么多。但无论如何，我们不得不承认，她真的是一个心地善良的人。很多地方都有人爱上海琳。包括老师、父母、男生们。爸爸妈妈也在她身上付出了很多精力。虽然，我偶尔会觉得不公平，但我自己都是她的第一号“粉丝”。所以，很难想象，怎么会有人想要伤害她呢？我猜这世界上到处都是猎人和想干坏事的人，从来不缺可供他们选择的弱势群体。

走进房间，我取出一本旧书，《安妮·弗兰克日记》。我边吃布丁边温习这本书的内容。你看过这本书吗？虽然有点无聊，但我认为这是世界上最悲伤的书籍。安妮一直在描述一些琐碎的事情，包括食物、衣服以及她愚笨的家人，却并不知道自己面临死亡。阅读这本书的人知道。读者就像上帝一样，他能看到过去和未来。可关键在于，你什么都做不了。如同一个毫无法力的上帝。你不能阻止将要发生的事情。哪怕很简单，比如安妮在谈论那件她想等战争过后就去买的裙子时，令人有种被针刺中肺部的感觉，干扰你的呼吸。拿出这本书时，大脑里面想到的就是阁楼。一个供人隐藏的地方。这是个很有趣的思想。而最大的问题在于，你会让谁跟你一起留在里面？你不能邀请每一个人，只能做出选择。

当然是安娜和凯文。那还有谁呢？我心想。

突然，路易斯闪现在我的脑海中。LDM@blueforest.com 是他的邮箱。我可以邀请他，但我并不认识他。并且我开始想象，海琳出事那天他在哪儿。

我有跟你讲过关于德斯蒙得的事情吗？

警察在整理海琳尸体时，曾发现她的口袋里有一些东西，其中有一张未经使用去往德斯蒙得的火车票。过去大概要花一个小时。那里有点像山林。安娜告诉我，那边还有一个湖。据说她哥哥在参军之前在那个地方露过营。

很显然，海琳未能赶上那趟火车。因为车开的时间恰好是海琳死后十分钟左右。而撞到海琳的只是一辆过站的火车。甚至不是她要乘坐的火车。

每当想起那个推她的人，我多么希望自己手里有一把刀。

可实际上，我现在经常梦到很多男子。起初只有一个，接着路易斯出现了。再接着又是一片混乱。有时，梦中的路易斯蓄着胡须、眼睛呈蓝色，像是一个会自杀的恐怖分子。有时，又会梦到他跟我说他爱我。甚至告诉我他以前也跟海琳讲过同样的话。我试图让自己冷静，不听他的话，但我还是听了。梦中的他是那么有说服力。

18

亲爱的海琳：

最近发生了那么多事情，那么突然，我快坚持不下去了。上个星期，真的非常非常糟糕，如果周五那天我有什么不对的地方，在此我向你道歉。我知道你很伤心，我也想把所有的事情都告诉你。周三来我家吧，或者我可以去公园的小瀑布见你。请告诉我你的选择。我会一直看着上一次我们一起拍的你的照片，你看起来那么迷人。我们的关系应该进一步发展。我告诉医生，我正和一个有名的歌唱家兼作曲家交往。他说你很厉害，不过我早就知道了。期待周三的见面。

爱你的，路易斯

路易斯这封邮件写得很有趣，像一封很正式的信件。他可能是一名三好学生，准备进入大学。

或者他已经考入大学了，因为虽然海琳死了，但时间没有停止。“最近发生了那么多事情，那么地突然，我快坚持不下去了。”这句话完全道出了我现在的心情。

还有他重复使用糟糕这个词的写作方式很有趣。

关于海琳的悲伤，我知道。这已经不是什么爆炸性新闻了。不是因为她一直都很伤心，而是在她很伤心的时候，她表现得像是一块力场，没有人能够闯进去。

海琳有段时间经常哭，只待在房间里。有时，从她门前经过，那种声音如同有人在勒住她的脖子想要杀她一样。我知道，她当时肯定用枕头蒙住自己的脸，或者钻进某个娃娃中。她收集了很多熊、兔子和羊。并且一点都不觉得太拥挤。它们的毛都长长的，我猜测很适合哭泣使用。或许这就是为什么她要收集这么多动物娃娃的原因吧。有时，我也会闯入她的房间，确保她一切正常。“出去！”她会大喊，仿佛我是她在地球上最大的敌人。之后，她便会把房门锁住，妈妈站在门外跟她理论。一直都是妈妈在讲话，她的手抚摸着该死的门，好像这扇门就是海琳的头一样。

就在你觉得快要看不下去时，“咔嚓”一声，海琳又会恢复正常状态。只见她慢慢走进厨房，梳理好头发，先微笑再大笑。并进一步计划她的未来。有一次，我和妈妈正吃麦片，海琳走了进来，宣布她刚创作完一首新的歌曲，可能歌真的很棒，所以问我们要不要听一听。然后，她闭上眼睛，在厨房对着我们唱了起来。

每当她在人们面前唱歌（很罕见），她都会习惯性地闭上眼睛。我现在甚至已经忘了她那首歌的主题是什么。我只知道，她唱完之后，我和妈妈用力鼓掌欢呼，你无法抹去海琳脸上开心的笑容。她真的拥有两面性。大多数人只看到她阳光的一面。而她内心的黑暗则留在家里。不过我估计路易斯已经偷窥到了她的黑暗面。

我可以去公园的小瀑布见你。

太好了，因为小瀑布就在我们生活的镇上。这个公园是我一辈子都记得的地方。海琳竟然公开在我们的眼皮底下进行她的秘密约会。

路易斯另外一封邮件是几个星期后发过来的，上面写道：

你想从我这里得到什么？我该怎么做？请告诉那些人，我敢确定他们能够提供帮助。

这封邮件的日子正是出事前一个星期发的。

他的话让我抓狂，我不明白这里面到底意味着什么。有时，他很冷酷，让人不禁怀疑他心里到底在想什么。我觉得自己不能再继续等了。我应该用海琳的邮箱给他写信。虽然我并不确定该如何准确地模仿我姐姐，但我想，简单一点最好了。

亲爱的路易斯，我想你。爱你的H。

我还没有点发送。我把它存储在收藏夹中，稍后再发。接着写了第二段话。

亲爱的妈妈，我能看见你。有的时候我就在你身边。虽然我能看到你，但是我什么都做不了。你经常想我吗？爸爸怎么样了？玛蒂尔德还好吗？请发信息给我。

爱你的，海琳

这封邮件我也没有立刻发送出去。

如果我发出去了，这些话表示什么？我在想，这会不会是一种犯罪行为。我不知道上帝是怎么看待那些模仿死人的人。可我想，他或许也不太喜欢这种行为吧。在写信给路易斯时，我很镇定。但写信给妈妈时，我有点茫然。之后，我又差点想吐了。

我只想找到准确的词。说出一些如果她在这儿很有可能说出来的话。或者无论她在哪儿都可能会说的话。尝试模仿一个死人的语气需要花很多的精力。你必须寻求最相似的语气。

发完消息给凯文，他立刻给予了回复，“好的，稍后见。”

“4点过来，到时候家里没人。”他写道。

写给凯文的信，肯定是用我自己的邮箱了，所以很简单。

凯文卧室的墙壁竟然粉刷成了黑色。太疯狂了。仿佛这是一个搁浅在地底深处的卧室。我感觉，这里会发生一些不可思议的事情。比如规则可以不一样，它们都在黑洞中。我一边寻找方向，一边看着凯文的海报。这些音乐组合我从未听说过。Human Oatmeal、Sado-kitty、A.S.T.O。凯文说这四个字母表示“阿诺德·施瓦辛格从技术上来讲是一个胖子”。

我问凯文他妈妈怎么会允许他把卧室的墙刷成黑色。他们似乎达成了什么协议。她说，只要他能够做到“提高学习成绩”，他想怎么倒饬自己的卧室都可以。他在模仿他妈妈时，采用了一个英国腔。的确很滑稽。

这间黑色卧室唯一不合理之处就是鱼缸。一个很大的水槽里面装满了热带鱼。看起来和这个房间不相称，不过仍然很神奇。仿佛整个就是一个鱼城。我忍不住盯着鱼缸看。在水槽的底部，有一个下沉的百宝箱，有金币溢出。此外，鱼缸里面还有一个洞穴，供鱼隐藏。还有一辆小车模型，一具骨骼人形被困在其中。海底是由一百万个蓝色卵石组成。有些鱼看起来像是手绘的。有些看上去是透明的。水槽里面还有一个灯，当凯文把房间中的灯都关了，鱼缸仿佛就成了另外一个世界。在黑暗中，我感觉自己像一个白痴，而这些热带鱼就像天才。

“还记得小时候的城堡吗？”我问凯文，“树林中的？”

“那是很久以前的事了。”他说。

他重新把灯打开，我知道他不想谈论城堡。他可能会产生疑问：为什么人要停留在过去？

“或许现在已经完全损坏了。”我说。

“我保证里面肯定也有骷髅。”我说。不过他并没有笑。

“你想喂鱼吗？”他说。他真的很喜欢鱼。虽然无趣，但还挺帅气的。这就是小孩子表达对喜爱之物的方式，如同我过去对路克一样。

“当然。”我说。

凯文把食物递给我，当我将玉米片撒在水中，我感觉自己在制作鱼汤。我差点笑出声来。

“不要太多，”凯文说，“如果你给它们喂太多食物，会把它们撑死的。”

我和凯文看着鱼游到水面，只见它们把玉米片吸到“O”形小嘴中。

“你哥哥主要做什么工作？”我问道。

“不知道。”凯文回答说。

“他计划参军吗？”我问他。

“没有，”凯文说，“他明年准备考大学。”

“喔，”我说，“太好了。”

顿时，闪现在我脑海里的画面全是海琳的男朋友们，坐在同一所大学的同一个班级里面。海琳以前也想考大学，我好想冲他们大喊。

“够了。”凯文说。并把我手中的鱼食收走了。

“你为什么不坐？”他问我，手往床边指了指。

“没事。”我说。

“你抽烟吗？”他问我。

“我不抽。”我说。然后，我才想起那天在后院的那根烟，就是推土机工作那天。

“我戒了。”我告诉他。

我看着凯文，他也看着我。我想或许我们之间存在一些性压力。像是泥土，从沼泽地上走过。我心想，海琳和男孩们肯定不止调情、亲吻、来电。我想在她死之前，她一定跟他们发生过关系。

“为什么你要在门上挂一根链条？”我问凯文。

“这是秘密。”他说。

“我哥哥过去会闯入我的房间。”他说。

“你哥真高大，”我说，“他好像一个动物。”

在我脑海中，我能想象得到他在海琳上面的画面。

凯文起身，走向鱼缸。他轻拍了下玻璃。鱼像是受到上帝惊吓一样游走了。

“地下室整理得怎么样了？”凯文问道，“你什么时候开始整理？”

“快了。”我说。

“下周怎么样？”他说。

“可以。”我回答。我看了看鱼，它们都静止不动，仿佛水突然结成了冰块一样。

“我在地下室备了食物。”我说。

我和凯文盯着那些静止不动的鱼。情不自禁地沉默了大约一分钟的时间。

“你觉得我们会死吗？”凯文说，“世界上的每个人都会死吗？”

“是的。”我说。

“说不定明天就可能发生，”我说，“或者在我们睡觉的时候发生。”

“我爸爸说他们还没被除完。”凯文说。

“谁？”我说。

“恐怖分子。”凯文说。

他又敲了敲玻璃，鱼复苏了。

“谁知道他们接下来会出什么事，”我说，“你无法预料他们那些人的行为。”

凯文看着鱼，脸变得有点扭曲。

“都是动物。”他说。

动物。

19

电话响了四次之后，妈妈终于接了。当时我正处在距离家六个街区远的公共电话亭旁。

“你好？”她说。

我在嘴边把一张纸折起来，弄出嘎吱的声音，制造安静的效果。

“你好，”妈妈再说了一声，“有人吗？”

我把纸放入口中，掩饰我的声音。

“是我。”我说。

“我不知道你是谁。”妈妈说。

我再次把纸弄得噼啪响。我努力想说出计划好的话，但就是做不到。

“到底是谁？”妈妈说。

海琳，我想说。

可是我没勇气，挂掉了电话。

我好想打自己几拳。有时，我真受不了自己的脆弱。虽然我总能想到好主意，但犹豫不决。至少我在整理地下室，我心想。

我脑海里再一次审视了自己的计划。地下室、邮件、坐火车去德斯蒙得。我站在电话旁大约五分钟的时间，设计我的计划。想法层出不穷，一个个叠加，所有的事情都像水晶般明了。外加这天气，让我觉得我是待在自己的私人世界。尽管是下午，但光线并不强。太阳那么遥远，其实它在传递信件。

此时，我才注意到自己完全穿错鞋子了。拖鞋。我的脚趾头露了出来，仿佛到了夏天。选得好，玛蒂尔德小姑娘。耶稣。我真的不得不笑我自己。当我到家的时候，我的脚趾头已经结冰了，我只有不断上下跳动，才能解冻。我想，或许发出的噪声能够吸引妈妈的注意力，但她还是没有从她的洞穴中出来。

我走进客厅，电视里面一个白头发的男子在讲话。屏幕上方，有一幅恐怖分子自杀的画面。我不明白白头发男子在说什么。我只看到恐怖分子的蓝色眼睛，跟安娜的眼睛好像。来自其他国家的人不应该有蓝色的眼睛。为什么要让事情变得这么混乱？

“你在看什么？”妈妈说。

有时候，她就是这样，不知道从哪儿冒出来。

“没什么。”我说。然后把电视关了。

妈妈手里拿着一块抹布，我简直不敢相信。

“做清洁？”我说。她咕哝了一句，走到橱柜旁，假装在清理。她的动作就像长毛象在挣脱焦油坑似的。我想问她今天是否接到什么有趣的电话。但我没说出口。

“你需要帮忙吗？”我说。

她看都没看我一眼。

有时候我大脑中的想法分为两种，而且是相互对立的两种。我希望我妈妈死了，是第一个想法。第二个，每个人都死了，除了她。

“让我帮你。”我说，并试图把抹布从她手中抢过来，但她说，“别碰它。”她拿走抹布，似乎我要抢的是她的钻石戒指。

“妈妈，我来帮你。”我说。我不是开玩笑。这个地方真的很脏，必须多个人一起合作才能弄干净。但她摇摇头，自顾自地擦着。这是她的新习惯。话说一半。她开始说什么，但又不说完。

“我去放点音乐。”我说。

以前，妈妈、海琳和我会边放音乐，边一起打扫卫生。我们擦掉桌腿、椅子滚轴和灯罩上的灰尘。我们甚至还会清洗象棋。妈妈现在的清理方式我觉得完全错了。她基本上只是把脏东西到处推。看着她，我感觉血管要爆炸。我再一次试图从她手里抢过抹布。

“别再这样了。”她说。

“天啊，别再这样了！”

于是，我立刻跑上楼，走到妈妈的衣柜，找出藏在后面的塑料袋。我取出一张唱片，这是爸爸很久很久以前在他的录音机里面录制的。还没等我反应过来，我已经回到楼下。我把录音带放进音响中，按下播放键。

当海琳的声音从扬声器中传出来，我不得不承认我开始怀疑自己是不是做对事情了。这是孩子的声音。听起来，海琳只有九岁或十岁。妈妈傻愣在那里，一动不动。我能想象长毛象一旦停止反抗，会如何沉入焦油中。我盯着妈妈的双手，观察它们是否在颤抖。然而，发抖的其实是我的手。我身体斜靠着音响柜，让自己保持平衡，不至于摔倒。

妈妈看着我，面带酒鬼似的笑容，好像她患有牙疼一样。或许这根本称不上笑。不管怎样，她脸上的表情让我震惊。我立刻把录音机关掉。

妈妈向我走来，依然带着那个笑容。或者说，她的表情僵硬了。我心想，她会过来殴打我一顿。我已经做好了心理准备，她随时爆发，周围的墙全部在我们身边倒塌。然而，接下来发生的比我想象中还糟糕。妈妈抓起我的手，亲吻了一下。她将我的手压在她脸上。太恐怖了。我想倒在地板上。

“别害怕。”她说。她把我抓得紧紧的，几乎能抓碎我的骨头。

“我不怕。”我说。

“害怕是对的。”她说。

我心想，为什么她现在才对我说这种话？她应该在一年前，我做噩梦的时候说。

即使我现在害怕，也不关你的事。

“没有人会伤害你。”妈妈说。脸上换了一种笑容。虽然她眼中噙满泪水，但并没有流出来。这算不上正式的眼泪。

“我必须做家庭作业了。”我说完，挣脱了她。

“玛蒂尔德。”她叫道。

“玛蒂尔德。”

为什么她要这样叫我的名字？为什么她叫我时称呼我的全名？我知道她其实想叫别人的名字。她希望站在这个房间里面的人是另外一个女孩。可偏偏，是我站在这儿，我会一直站在这儿陪着她，直到她老去。你永远都是那个错的女儿。我了解妈妈心里在想什么。一种黑暗的思想，比狼还可恶。创造海琳的灵魂只是为了给她她想要的。如果这样就把她逼到悬崖边，那我还烦恼什么？她其实已经在悬崖边了。只是在乞求别人把她推下去。

当爸爸走进房间时，我已经躺在床上了。我穿着自己的红色睡衣，就像圣诞电影中的场景。

“你准备好做圣诞老人了吗？”

“是的，爸爸，我兴奋得有点睡不着。”

当然，这并不是我们之间的谈话，别傻了。

爸爸走了过来，他看起来和往常一样，很累。累甚至已经不能准确形容他的状态了。应该说他看起来筋疲力尽。

“爸爸，你好。”我说。

他走过来，坐在我的床边。

“我在看书。”我说，虽然身边一本书都没有。

我知道他在想，我有没有听到他和妈妈在楼下吵架的声音。应该由他先提这件事，所以我选择了等。很显然，他有很多话想说。只见他理了理自己的头发，却不知道如何开口。

“妈妈——”最终，还是我先说了。

“我明白。”他说，“她正经历一段艰难时期。我们应该尽量不给她添麻烦。”

“我没有打扰到她。”我说。

“听我说，”他说，并迫使我的眼睛像磁铁一样看着他，“你必须停止你那些荒谬的行为了。”

他拿起我的手，“你不想失去她的，是吗？”

这算个什么问题？我心想。

“这不是我的错，”我说，“我不会做任何事情。”

“很多人都很焦虑，”我说，“这是一种流行病，全世界的人都很焦虑。”

“全世界的问题与我们无关，”他说，“我们只是在谈论你的妈妈。”

“我知道，”我说，“可是海琳……”

“她怎么了？”爸爸说。他看我的眼神很疑惑，好像我把主题换了。但在我看来，这正是我们一开始讨论的话题。

“对这件事，我们无能为力，”爸爸说，“我们也无法再经历同样的事情。”

“但我想，我们还没有越过这道坎。是吗？”

“亲爱的，我们都想念她，我们都……”他没有说下去。

我能看出，爸爸很痛苦。这和我的痛苦不一样。你能感觉到我们之间相隔的那片海洋，里面充满了黑色冰凉冰凉的水。有人曾把悲伤形容成一座岛屿吗？如果没有，那现在起我下这个定义。这是我的发明。总有一天，你会在书中引用的引文中查到这句话。

> 悲伤如同一座岛屿。
>
> ——玛蒂尔德·萨维茨

爸爸看着我，他的眼神如果我说不含爱意，一定在对你撒谎。

“你能听话一点吗？”他说，“请你听听话行吗？”

我知道不是最真实的回答，但我还是跟他说“好的”。因为我不想伤害他。我愿意问爸爸无数个问题，但我不想用我的那些计划伤害他。我想问他，什么样的妈妈会让自己的女儿穿着拖鞋、走到寒冷的外面？

“把磁带给我。”他说。

“不，”我说，“求你了，爸爸。”

“把磁带给我。”这一次，爸爸在说这话时闭上了眼睛。

我从床底下取出磁带。一塑料袋都是海琳的声音。我为什么就不能让她安静地待在妈妈的橱柜呢？现在，她又变得真实起来，有了这些，妈妈又不能正常生活了。她会让爸爸把这些磁带都扔掉。她会让他毁了这些磁带。尽管如此，我依然把包递给了爸爸。我无法阻止这些事情的发生。如同别人在书里面对我进行打击一样。观察者们，包括上帝和克利须那神。他们都会惭愧地掉头离开我。

噢，爸爸，我想告诉你很多事情。不仅仅是关于海琳。我想告诉他关于观察者、路易斯的信息，以及在电视上听到的新闻，他们如何在碎石中寻找人们的过程。有时，他们只找到鞋子，有时，是一枚戒指或一颗牙齿。总统眯起了他的眼睛。他说，在最后一个杀人犯受到惩罚之前，我们都不能掉以轻心。

爸爸离开房间时，我想到了悲伤的岛屿。我想象着它有多大，需要多长时间去探索。

我想，或许我一直待在那里，只是毫无意识而已。谁知道，那里是否藏了别人呢？或许灌木丛中还有原始的野蛮人。或许路易斯也在这儿。甚至还有那个杀害海琳的人。关键在于，我已经准备好开始一场斗争。海琳，这一切还没结束。绝对没有。

20

有时候，我希望自己成为一个患有脑损伤的病人，脑袋里面只有快乐的音符在跳跃。医生们过去常常为了让人们忘记不好的思想，把碎冰锥粘在人们的大脑中。我在科学频道看到过这样一场演出。尽管这个手术过去风靡一时，但现在已经成了违法的操作了。如今，主要是通过药物进行治疗。很显然，药物并没有起到很大的作用。因为如果发挥了足够大的作用，那么每个人都会像充满活力的捣蛋鬼一样在路上行走。我吃过两颗奥利弗拉的药片，是在学校的时候，从她的药箱中偷到的。它们所起到的作用就是让我抽筋，抽一半。

问题在于，从某种程度上看，即便你不想思考，也无法停止思考。我敢保证，你偶尔会希望自己能够回到原始人的黑暗时代。但你不能，这就是生物进化。

一旦你学到一点知识，就会有更多的知识涌向你，如同围绕着圈饼的鸟儿一样。有时在学东西时，我真希望自己没有学过。

比如，我真的需要知道爸爸的杂志或妈妈的酒吗？或者了解我自己的身体状况？

假设，我的双腿是弯曲的。膝盖呈向中间弯曲的状态。简直就是一个畸形。我从未注意过这一点，直到有一天跟安娜的腿进行比较，我差点心脏病发作。有时候我发自内心地希望自己没有腿，坐在一辆银色轮椅上。这样就真的能够吸引大家的目光了。轮椅就像王位一样，你一旦坐上去，就不希望下来，除非要洗澡或睡觉。从某个方面讲，能够振奋人心。在我看来，人们对坐在轮椅上的人感到悲哀其实大错特错了。

当然，我也希望自己装上假肢，这样我偶尔也可以四处走动了。我可以跟男孩子跳舞，然后脱掉我的裙子，让他看看我的塑料假腿，这样做就是为了看到他因震惊倒在地上的样子。我会坚持对一百个男孩子做这样的事情，直到我找到一个会跪在我面前，亲吻我假肢的那个人。只有这样，我才知道我找到了对的人。我心想凯文是否会这么做呢？

不过，我感觉不到他的亲吻，因为那是假肢，没有知觉的。所以即便凯文咬我的腿，我也毫无知觉。我会假装很吃惊或很痛苦。我的感觉或无知觉完全取决于我自己。

凯文和安娜今天晚上要在院子里跟我见面。计划尽可能悄无声息地偷偷溜到地下室，然后什么也不管了。现在，地下室是我唯一在乎的地方。我会把我全部的注意力集中在那里。我跟爸爸说，我今天晚上会在安娜家睡觉。安娜也允许我在那里睡。我不知道凯文是怎么跟他妈妈说的，但我肯定他有办法解决。

我真的非常兴奋。虽然地下室主要是用来躲避恐怖事件，但主要与未来相关。将来，这里会聚集更多的人，不只是爸爸妈妈。爸爸妈妈可以待在他们自己的星球。我可以跟他们断绝关系。地下室是我新生活的一个阶段。

我坚信，我和凯文在将来某个时候会做爱。有一次在上体育课时，我看到了凯文的大腿，虽然很瘦，但给我留下了很深的印象。看到它们让我感觉自己想尿尿。不过有趣的是，我一点都没有尿尿的需要。很显然，这就意味着你被某人吸引住了。在这个问题上，我渴望有人给我建议，所以昨天，我把海琳所有的信件都收集起来，一封一封重新看了一遍。不仅是那些填充在熊娃娃中的信件，还有一部分藏在书架上的书中，以及她衣橱后面专卖板褶皱的悬挂口袋中。去年，我第一次看这些信件时，我的生活依然处在模糊阶段，我估计自己并没有完全读懂里面的细节。但是现在，我已经长大成人了，我拥有全新的视野看待问题。而且我可以肯定，海琳在死之前，一定跟别人发生过性行为。我把她那些男朋友的信件看得越多，越加认定她发生过很多次。

在认识路易斯之前，有好几个邮箱，jon@foozer.com、B2@fatcity.com、lastchance@bc.com、friendguy@greenstripe.net、billo@msl.com，还有很多其他邮箱。这些男孩的信件大多数都是在她死前的那一年内写给她的。在过去几个月，她只跟路易斯有联系。问题在于，我觉得性应该是能让人开心的行为，但对于海琳而言，似乎并非如此。

过去几个月，她几乎没有跟我们任何人讲过话。其中有一半的时间，她一个人待在房间里面，房门紧锁着。要么就穿着性感地离开家。我想她可能有着不可控制的欲望。但没有人想过要把她带去看那棵“树”。漂亮的人似乎能够为所欲为，没有人能阻止他们。妈妈尝试过很多次。有时候她会把双手放在海琳的肩膀上，说：“你要注意安全，知道吗？答应我。”只有得到她的承诺，她才会放海琳走。在海琳离开时，妈妈还会走到门廊，不停抽烟。

我想海琳在死之前，她的身体会不会做过什么不可思议的事情。有时候，你会听到传闻，一些老女人还是处女之类的。想象，人死的时候还是一个处女。甚至还没有人摸过你的胸部，等等。没有跟别人接过吻，或者被人扔在床上，不只亲吻你的嘴唇，还有你的大腿和脚。然后你再去亲吻对方的大腿。一个人在死之前，应该体验过一切事物，即便神父厉声告诉你那些事情令人厌恶。夏娃吃了苹果，我也会。如果哪天我也变成了未发生过性行为的老女人，并躺在医院的病床上等待死亡，我会叫来一名年轻的男医生，并跟他说，打扰一下，我有最后一个请求，你能帮我一个忙吗？他怎么会拒绝呢？他肯定会把他的大腿伸过来。如果我能够做到一辈子都抵抗苹果的诱惑，那么在死之前我会尝试一下。

我想海琳已经品尝了那个苹果。

我知道她做到了。

我希望她尝到的苹果味道很好。

Heygirl：

赶紧过来吧，我想你了，你呢？

H：

好的！什么时候？

你的“好”朋友，琼

亲爱的海琳：

那首关于山脉（“你”站在其巨石上）的诗太奇妙了。我想这简直可以制作成一首迷人的歌。FYI，我找不到你借给我的那本印度书了，你是不是偶然带回家了？我主要是想看看里面的图片，哈哈，不过你要是说这本书很不错，我也一定会仔细阅读的。我今天醒来很想吻你，然后做我们上次做的事情。晚上十点左右给你电话。一定要待在房间里哦。妈妈说你好。

我出去了，路易斯

很明显，他和其他男孩不一样。路易斯是海琳可能会选择结婚的那种男孩。但有时候我觉得他用心过头了。并且，通常人都不会完全相信纸上写的东西。因为有的人会夸夸其谈。昨天我写了大约十封邮件想发给他，但似乎没有一封看似比较正常。然后，我突然意识到自己可以发一封空白邮件给他。只是一条来自HeyGirl的空白信息。试探一下他的反应。

下午，我把空白邮件发出去了！我犹豫了两个小时，终于按下了发送键。我感觉自己的手指似乎按在一个会释放核导弹的红色按钮上。我需要这么做吗，还是不要？当我最终敲击按钮时，观察者活跃起来了。

我感觉自己肩膀后面就有一个。不过他很好，只是让我觉得自己刚刚做了一件很重要的事情。而不是在耍人。观察者不会关注你，除非你想到点什么。

“你的邮件已发送成功”，电脑上如此显示。

谁知道呢，或许路易斯相信鬼魂的存在。我喜欢他在写那句“你站在其巨石上”中采用的“你”字。他真的很聪明，知道诗中的女孩可能是也可能不是海琳。他很了解，人们有时候会假装成其他人。“你”可以表示“任何人”。而像jon@foozer.com写的“好”，其实他是想说“糟糕”。

21

突然，我们止不住地笑了起来。尽管我们都用手捂住嘴巴，但还是时不时发出吱吱声。凯文像是从精神病院出来的病人一样笑得在地上打滚。因为我跟他讲了关于我爷爷从狗身上掉下来死了的故事，顿时房间喧闹了起来。我还加了一点表演。包括心脏病发作和其他。“救救我，”我说，“噢主啊，救救我！”然后我自己也倒在地上，踢自己的腿，表现出最后的垂死挣扎，好像“咔咔咔啊啊啊咔”。等我们镇定下来，已经笑出眼泪来了。

“你觉得他们听到我们的声音了吗？”安娜轻声说道。

“没有。”我说。

“如果他们听到了，”我说，“他们可能会认为是老鼠的叫声。”

“这里有老鼠吗？”安娜说。这次轮到凯文笑了。

其实在这之前，当安娜来到后院跟我见面时，凯文已经先到了。安娜用愤怒的眼光看着我，并把我拉到一边窃窃私语。她说她不会跟凯文一起到地下室去，于是我直接告诉她，她没有选择，也不可能再回头了。我故意表现出邪恶的催眠师的眼神，意志的控制者。

凯文很聪明。他看出了我们之间的问题，于是走向安娜和我，问安娜是否希望他离开。这让安娜很尴尬。

“我无所谓。”她说。眼睛看着我，然后再看向凯文。我知道她陷入困境了。她不想突然成为这个群体中唯一的老古董。

“你想留下就留下。”她说。然后整理了下自己的夹克衫，仿佛自己是便装美国小姐。

“我只是不知道你会来。”她解释道。

凯文把头发梳了下来，黑暗中，蓝色头发没有那么引人注意。基本上，他看起来就像个正常人。只见他冲安娜微笑，这个笑可以判断是发自内心的。他的牙齿很整齐，白得闪闪发光。每当他笑的时候，就感觉像是一个铃铛在作响。

凯文走到草坪上，捡起他的包。安娜则用一种眼神看着我，似乎在表达“你最好知道自己在做什么”。我也看了看她，暗示我知道。因为我确实知道。我对我们的行为再清楚不过了。我们都在为将来做准备。其中包括住在地下室，躲避炸弹。一旦世界终结，让它复苏的唯一方法将来自这些在地底下的孩子们。最终，我们会爬出来，走向阳光，如果到时候太阳还在的话，我们会重新开始。以后不会再发生任何事情，一切都将重新创造。

笑过之后，我们都安静下来。我把毯子和枕头分给他们，我们都整理了一下自己的小小地盘。我和安娜挨着彼此，凯文的位置与我们的距离很合适。有些被单已经很旧了，是我小时候盖的。有一个上面打满了补丁。虽然有点不好意思，但幸亏他们没有注意到这一点。我把太阳系的被单给了凯文，纯蓝色的给了安娜，我自己则留着满是补丁的那块被单。当我们各自整理好自己的床，我感觉我们三个就像是一部电影（关于战争中的战士）中的星星。我就是导演。这并不是一部恐怖电影，更多的是关于男人间的团结。一部让人感觉很舒服的电影。

“有人饿了吗？”我说，然后把好吃的东西推到房间中央。

“我也带了一些吃的。”凯文说。他拿起他的包包，取出三瓶啤酒。安娜看着我，好像我是上帝的母亲一样，不过我直接忽视她。

“只有三瓶？”我问道。

“我不喝酒。”安娜插话道。

“一瓶啤酒不会对你怎么样的。”我说。

“试一试。”凯文说。他把啤酒打开，递给安娜。他对她会心地笑了笑。“这是来自荷兰的。”他说。

安娜接过酒瓶。

“你可以不用全部喝完。”凯文说。

啤酒味道并不是特别好，不过我想这不是重点。过了一会儿，酒精的确让人飘飘然，忽视自己关注的事情。地下室逐渐闪现出一丝活力，如同一小块天堂。

一切都比预想中好一些。即使是打满补丁的被单也突然变成了神来之笔。啤酒好像是装在瓶子中的感激之情。我心想，为什么伏特加没有对妈妈起到这样的作用呢？

我看着安娜，她像是一个被判死刑的女子正啜饮啤酒。我嘟起嘴唇冲她模仿，她甚至都没反应，只是摆弄了下自己的头发。突然凯文又笑了起来。

“怎么了？”我说，然后无缘无故也笑出声来。

“你看起来很滑稽。”他说。

“确实，”安娜接着说，“像一条鱼。”

“是很像。”凯文说，并模仿我嘟嘴巴的动作。

安娜也做出鱼嘴的样子，但很奇怪，我并不想杀了他们两个。即便他们都取笑我，我也觉得很真诚。我感觉他们懂我。或许他们能看到我胃中的金色盒子以及鸟的羽毛。或许他们知道所有我致命的秘密。所以我只是冲他们做回鱼嘴的鬼脸。完全报以鱼的自豪。然后扫视四周，看有没有间谍相机。我有点希望观察者们看到这一切。我希望他们正在记录刚刚发生的事情。我们三个在一起，在战争中很开心的样子。像这样宝贵的时刻应该保存下来。如果有一天，我们都不在人世了，任何走过来的人都能够看到这些记录，并感叹：“噢！原来他们是这样的。”虽然这不会永垂不朽，但至少是我们残留的片段。

“这下面有很多东西。”凯文说。

“都是废物。”我说。

“我能到处看看吗？”他说，一边打开了第二瓶啤酒。他并没有等我允许，就起身走向几个箱子。

“糟糕，”他骂道，向后跳了起来，“老鼠！”

安娜猛然看了看自己的脚，凯文则喝了一口酒。

“我开玩笑的。”他说。

“或许是鬼。”我说。

“有可能。”凯文说，然后我们都开始模仿恐怖电影中的声音，恐怖镜头出现之前的音乐。我开始有一点点反胃。我想，这是一个错误的引导。我们都不想一开始就谈论鬼。提到鬼，我真恨不得挥自己一拳。

“闭嘴，”我喝住凯文，“他们都听着呢。”

我注意到安娜斜眼看了我一下，很惊讶，对我的担心嗤之以鼻。

“把另外一瓶啤酒递给我。”我说。

“加个请字。”凯文说。于是我照做。

安娜看着凯文，我知道她感觉到了他的力量。她理了理耳朵后面的头发。“我也要一瓶。”她说，凯文扭头转向她。他只是盯着她看，等待着。

“请。”最后她终于说了。请。

“我不喜欢测试报警器，”安娜说，“有的时候，它们会在晚上吵醒我。”

我们三个围成一个圈坐着，每个人前面都放着一个啤酒瓶，好像麦克风一样。我们随意摆放这些瓶子，如同电视上联合国官员们一样。

“为什么我们会有测试报警器？”安娜说，“恐怖事件不会在这里发生。”

“这很愚蠢。”是她隆重的总结。

啤酒让安娜比以往更加健谈，这真的太棒了。

凯文问我们有没有见过俄罗斯遭到袭击的视频。炸弹丢在学校里面。我跟他说我看过，是在网上看到的。

“你看到那些母亲哭泣的样子了吗？”我说。

我告诉安娜和凯文自己是如何看到这些视频的，“城镇埋葬儿童，悲痛的号叫！”令人惊叹的标题。这附近的人不会像他们那样哭泣。在这儿，大家哭起来如同在水槽中滴一滴水。而在俄罗斯，老妇人都是跪在地上，双手举在空中，仿佛是基督狂。我还看到一个女孩躺在白色的棺材中，里面白色的织物堆成一团，形成一个鸟巢似的物体。她穿着粉红色裙子，身上、头上到处都是玫瑰。她就像白雪公主一样。粉色裙子上还有褶皱的花边。虽然，这件裙子不适合在现实生活中穿着或穿去学校，但是对于死人而言，却非常合适。尤其是对于孩子。

“那也是恐怖事件吗？”安娜问道。

“当然是恐怖事件啊，”我说，“这就是恐怖事件。”

“你看到了那个黑色头发、红嘴唇的男孩吗？”

“脸色苍白的那个？”我问道。

凯文回答说:“是的，在很小的木棺材中的那个。”

“他看起来像一个儿童吸血鬼。”我说。

“他很帅。”我说。凯文点了点头，略带悲伤，似乎那个儿童吸血鬼是他的亲生儿子一样，然后我们都低头。我想，这可能是一种祈祷形式吧，因为我能感觉自己心潮澎湃。

播放完“城镇埋葬儿童，悲痛的号叫！”之后，我并没有告诉凯文和安娜怎么操作，我没办法关掉它。我的意思是，在我的脑海里。悲痛的号叫把所有事情都卷入进来。几天时间以来，即便是路克的吠声，我都感觉像是悲痛的号叫。还有电视里面传来的笑声。

谈完俄罗斯恐怖事件之后，我们都只是安静地喝着啤酒。此时，突然出现了一只蜘蛛。它从天花板上沿着隐形的蛛网落了下来，悬在距离地面仅几英尺的空中。最后，蜘蛛着地了，缓缓爬到凯文牛仔裤的裤腿处。我们一动不动，我猜蜘蛛把我们当成了沙发。接着凯文举起手想要压碎这只蜘蛛，但我叫道:“不要，别管它。”并不是因为我把它想象成一个突如其来的守护神，而是让我有一种感觉:它是另外一个奇迹，它从不知名的地方过来，似乎是我们发明了它。这只蜘蛛的腿像睫毛一样细。我们何曾伤害过这么脆弱的生命?回到童年时代，在城堡中的日子，我怀念着那时我们的无知，脑海中闪现出蓝色的克利须那河，以及它对万物了不起的爱。

“杀了它，”安娜说，“你在等什么？”凯文的手“砰”地摔了下去，蜘蛛变成了凯文裤子上的骨灰污迹。火焰喷发之后，我想起了一场比赛的黑色末尾。在我心里，凯文的行为似乎熄灭了一场火。这就是死亡的意义。

“地上如果有虫子，我就睡不着。”安娜解释说。

“我会跟你睡在一起的。”我说。这话并不带有任何性含义，但凯文故意发出做爱的怪声。

“你可以不杀它的。”我跟他说。

“但它可能有毒。”安娜说道。

她说对了。我的意思是，为什么我要这么关心一只恶心的蜘蛛呢？并非所有人的皮肤都呈蓝色、佩戴着孔雀羽毛的皇冠。也并非所有人都能一直保持爱心。不管怎样，不是在现在这个时代。

“你用那个在干吗？”我问安娜。她手里正拿着一瓶指甲油。

“我必须涂完我的指甲，”她说，“通常我会在周五干这件事情。”

我看了看凯文，摇摇头。“避难室中的指甲油。”我说。

不过凯文没有反应。他又开始扫视这个地下室了。我用眼角的余光观察他，确保他没有打扰到海琳的物品。

安娜正准备在她的指甲上涂粉色。“我真不敢相信你竟然把这玩意儿带到了避难所。”我说。

“玛蒂尔德，不要再这么说了，”她说，“实际不是这样的。”

“如果真的是避难所，我就不会带它了。”她说。

当她说“如果真的是避难所”，我感觉很讨厌。我怀疑她接下来会想着在这里烤棉花糖。我不是指责她在这个地方娱乐一下有什么错，只是人都不想忽视这种重大局势。虽然安妮·弗兰克一直在嘲笑阁楼里的菜豆和胡乱的行为，或取笑那只在土豆上尿尿的猫，但我打赌，她从未完全忘记那些纳粹分子。不过谁知道呢，或许她确实忘了。那是一个更加天真的年代。孩子们不会思考那么多关于他们自己的死亡。

“你在那里做什么？”我问凯文。他正在后面的房间，看着我奶奶的水果。我能听到他在玻璃缸周围走动的声音，这个声音令人十分厌恶。

安娜在涂她的指甲油，凯文在水果橱柜中，这说明什么？我一边喝啤酒，一边看着他们，忽然画面跳转到未来，当我们所有人都渐渐疏远的时候。

安娜推着一辆婴儿车在街上，无意间我们相遇了。她并没有认出我来，但我认出了她。

“安娜·麦克道格尔？”我说。

“是的。”她说。

然后，她突然记起我来。“噢，天啊！玛蒂尔德？”说完她开始哭泣。

“我不知道你发生了什么事情，”她说，“在这些恐怖混乱中，我以为你死了。”

“噢，玛蒂尔德。”

我们都沉默了一分钟。没有人看时间，只是看着彼此的眼睛。

“你看起来还不错。”她说。不得不说她这可能是客套话。不过说不定我真的会看起来还不错。我想象自己穿着一套价格不菲的黑色套装。

“你父母还好吗？”安娜问道。

“他们已经去世了，”我说，“去世很久了。”

“很抱歉，”安娜说，伸手安抚我的手。

“这都是些什么东西啊？”凯文说，打断了我的想象。他手里拿着一个棕色玻璃罐。

“嗯……”他说，努力想打开它的盖子。

“别打开。”我说，但为时已晚，只听到封条“砰”的一声，霉气泄漏了出来。

凯文在角落找到一个桶，他将棕色封条扔了进去。

“恶心，”安娜说，“那是吃的吗？”

凯文将盖拎起来，我们都往里面看。

“这是我奶奶制作的东西。”我说。

“你奶奶制作的什么东西？”凯文问道。

虽然我又有种想吐的感觉，但我开始笑了起来。我让这个笑的动作承袭自己的身体，这样我每个部位都在颤抖了。我甚至把手伸入那罐水果中，就为了证明自己有多勇敢。我把长条拉出来，并扭动了一下。

“这是她的脚趾头。”我说。

安娜发出尖叫声，凯文则抱怨了一下。

接着，我把长条扔回罐中，突然房间的温度好像有一百摄氏度。我呼吸起来很困难。

“怎么了？”安娜说。

“没什么。”我说。“我只是吸收。”我告诉她。

我去取了一瓶水，浇在自己的手指上。浇得太多了，地上有了积水。此刻，我忽然希望自己是在楼上卧室跟路克待在一起。希望自己没有来这儿。

可是太晚了，没有退路了。地板上有一张脸在看着我，我自己在水坑中的倒影。催眠术，愿望的控制者。

待着别动，你这个愚蠢的女孩。

千万别动！

22

我生命中发生的最重要的事情，我竟然不在场。这并不意味着我没有看到。我看到了。我一直都在观察。我经常看到海琳的头发在风中飞舞。有时，它会飘到她脸上，令我无法辨识她的表情。我知道她身上穿的是那件蓝色大衣。脚上是那双棕色靴子。我还知道她耳朵上佩戴的是绿色宝石，海藻的颜色。只是，我错过的是最关键的时刻。那双手触碰她肩膀的那一刻，一切都停止了。

她的身体受到了严重的撞击。我从未见过她的尸体，我只听到过传闻。爸爸妈妈看到过，这就是我偶尔还是会同情他们的原因。我只看到那个上了锁的盒子——棺材。他们能给她穿上裙子吗？我心想。她穿的是什么鞋子呢？葬礼那天，我检查了一下她的衣橱，看少了哪件裙子，哪双鞋子。

可我知道的衣服都在那儿。可能她在里面是赤着脚的吧，或许她光着身子。不，妈妈不可能允许她这样。妈妈一定拿什么东西盖着她。

每当我想象那部电影，总是在双手放在肩膀上时，就结束了。一切又变成了黑暗。偶尔电影又会重新开始，只是不再是一部连贯的电影，而是定格在一个画面。她身体的图像。之后的画面，支离破碎的。这是事故发生后她的身体。不过看起来并不真实，似乎是假的。流出来的血一点都不像真的。在我印象中，那只是被人泼到她身上的红漆。

凯文仍然对着一桶桶的封条大惊小怪，像一个山顶洞人一样蹲在那里。我与它们保持着一定的距离，这样我就不会再想呕吐了。安娜在自己面前摆放了一本很大的黑色书。她取出其中一本妈妈的相册。很幸运，是一本很旧的相册，那时我们都还没出生。妈妈很久以前给我看过一次。这里面有很多长脸女人，名字都是花名，包括玫瑰、紫罗兰、雏菊等。妈妈至今都还有一些不认识。我们知道她们的名字是因为有人把这些单词写在了照片的背后。花园中的紫罗兰，1925 年；乔法罗车里的玫瑰，1936 年。我发誓，有时候我真的恨不得这里能发生一场火灾，把一切都烧成灰烬。

“你又在地板上尿尿吗？”凯文问道。

“没有。”我说，不过心脏快要跳出来了，这是我最害怕的问题。

“这只是水印。”我说。我仍然站在洗手时的水坑旁边。

“噢，上帝！”安娜说。

“怎么了？”我说。

“我们要上厕所去哪儿？”她说。

“这就是我把桶提下来的原因。”我说。

凯文笑了。他正用一根棍子搅动那些死果的浆液。

“噢，天啊！”安娜又叫道。

“又怎么了？”我问她，“难道你要上厕所吗？”

“不，”她说，“我不会在桶里面上厕所的。”

我看着她，我心里突然闪现一个想法，我想变得很强壮。我想强过那些先驱们，以及那些印第安人。我希望自己能够仅依靠一床毛毯、一盒火柴就能度过整个冬天。当然，我认为安娜不能承担这个任务。我大脑里又浮现出安娜推着婴儿车在大街上走的画面。看似并不遥远。

我保证，玫瑰、紫罗兰和雏菊肯定曾经在木桶里面尿过尿。在她们那个年代，可能没有选择。我猜她们应该教会了我们一些度过艰难时期的诀窍。或许她们曾把海琳绑在椅子上，用力擦掉她嘴巴上的每一处唇膏。或许她们已经用某种方式解救了她。爸爸妈妈太聪明了，反而救不了任何人。聪明的人往往表现得更像一个怯懦者。当你必须从房间里面搬出一架钢琴，他们不会成为帮助你的人。爸爸妈妈在处理海琳的钢琴时，必须由专业人士把它抬出去。我坚信，玫瑰、紫罗兰、雏菊三个人曾经是自己亲自抬出去的。她们起初肯定并没有处理掉它。长大后，我不想再那么脆弱了，同时我也不想身边围绕着怯懦的人。

留着蓝色头发、佩戴着他的链条，凯文可以成为一名开拓者。我坚信，他会眼睛都不眨一下，就在木桶里面尿尿。

“这些汤是怎么来的？”我问道。

他搅了搅浆罐，给了我一个疯狂的微笑。“我需要另外一瓶啤酒。”他说。然后站起来，穿着袜子在水泥地板上跑动，仿佛他在这个地下室住了一千多年了。他简直把这儿当成自己的家了。

“有人跟我一起吗？”凯文说。不过我和安娜都还在看相册。

“这些都是什么人？”她问我。

“他们都好丑，”她说，“是你的家人吗？”

“不是，”我说，“我不认识他们。”

安娜合上书，并把它扔到一边。双手抱了抱自己，好像她有点冷似的。

“我好无聊，”她说，“真希望你在这里放一个电视。”

我试图拥抱她一下，但她挣脱了。

“停。”她轻声说道，似乎对我们的爱有点难为情，因为有其他人在房间。她把手伸进糖果堆中，拿起一块洋芋片。并把它分成两半。安娜从来没有吃过完整的东西。一半是她的极限。

凯文看了看那些旧的棋牌类游戏。包括印度双骰、运筹和捕鼠器的游戏，这些过去都是我的最爱。安娜像兔子皇后一样，细咬了一口她的洋芋片。楼上很安静。不过楼上距离这里有一百万英里远。

“如果这里有一个炸弹，”我说，“可能不会发出任何声音。”

安娜看着我，一边咀嚼着洋芋片，不过她的眼睛在听。

“你听到什么了吗？”她说。

“或许不是。”凯文说。

“一道闪光。”他说。

“不过我们从下面看不到。”他补充道。

我心中一阵欢喜，因为凯文这次是站在我这边的。

“你的父母已经死了。”我告诉安娜。

“不，没有。”她说。

“你不知道，”我说，“你不会知道，除非你回家。”

“你为什么要这么说？”安娜说。

“我没有啊，”我说，“我只是说了真相。”

“他们没有死。”安娜坚持说道。

“我只是说可能。我没有说他们已经死了。”

“不是每个人都会死。”安娜说。

这是什么意思？

“每个人都会死。”我说。

“美女们，美女们，”凯文叫道，“我跟你们不是一伙儿的吗？”他的声音好像体育老师索斯兰夫人的声音。不过安娜笑了。她起身，走到海琳的遗物前。

“你哥哥正在杀那些恐怖分子是吗？”凯文向安娜的方向挪了挪。

“我不知道他在干吗。”安娜说。

“但他已经在那里了，是吗？”

“是的。”她告诉他。她的声音有点嘶哑。

“很好。”凯文说。

“确实很棒，”我冲他们喊道，“我同意。”不过他们甚至都没看我一眼。

“我也会去的，”凯文说，“如果可以。”

“我一定会去的。”他说。

我心想，或许有一天他真的会去。忽然，我大脑里突然想象出安娜推车里面的孩子可能是凯文的。或许凯文在打仗，安娜在街道转弯处等他。不过，我真不该把他们两个人扯到一起。

我听到楼上路克的吠声。几乎是痛苦的叫喊。大家都抬头看向天花板。还传来人的声音。吵架。然后便听到。“玛蒂尔德。”这是从一个女人嘴里叫出来的名字。

“那是你妈妈的声音吗？”凯文说。

“玛蒂尔德。”

“她知道你在这个房子里吗？”安娜问道。

一扇门被“砰”地关上的声音，接着从房子的另外一个角落传来我的名字。我起身，搅动着封条罐，分散自己的注意力。

“你要回应她一下吗？”安娜问道。

“她听起来好像疯了一样。”凯文说道。

“那又怎样？”我说。

安娜想跟我说什么，但我叫她闭嘴，同时也叫凯文闭嘴。顿时，他们一起看着我，似乎突然意识到自己在别人家里，这是我家的地下室。路克又叫了一声，接着听到另外一扇门关闭的声音。

就这样，楼上停止了各种叫喊。爸爸妈妈再一次沉默了。安娜的手放在白色床单上，下面就是海琳的东西，看似她准备展示一个魔术表演。比如，揭开床单，让一切都消失。

“给我剪头发。”我说。

安娜和凯文看着我，似乎他们没听懂我在说什么。

“我想让谁帮我剪头发。”我重复说道。

可怜的安娜站在那里，一脸疑惑。不过凯文真的像是过去善良的先驱，过来拯救我。“我来帮你剪。”他说，又露出了他的笑容，如同恶魔的笑。

“剪刀在哪儿？”他说。

23

我正一口一口喝着另外一瓶啤酒，凯文的双手穿过我的头发。他的手指偶尔会碰到我的脖子。这种感觉直接延续至我的胃部。我怀疑爸爸隔几个星期就去剪头发也是因为这个。简直有点像娼妓。手指发出的电在我颈背传播。妈妈经常帮我修剪头发。以前每到夏天，她都会在屋外的草坪上帮我剪头发。一般先给海琳剪。“我的第一只小白鼠。”妈妈一边把薄布围在海琳的脖子上，一边说道。当时，妈妈扮演的真是一个很棒的疯狂的科学家。

不过，陌生人给自己剪头发，感觉不太一样——更加危险。当然，我并不是说凯文是一个陌生人。而是他的手指我并不熟悉。

“你想剪多短？”他问我。

“短发，”我说，“但不能太短了。”

凯文开始慢慢帮我剪，只听见我的头发被剪刀咔嚓咔嚓剪掉的声音。

安娜看着我们，那种眼神仿佛我们正在从事一项世纪性的犯罪行为。

“你为什么要这么做？”她不解道，“你的头发才刚刚长长一点。”

“如果你想剪，我接下来也可以帮你。”凯文冲她得意地笑了笑。

“你知道自己在干什么吗？”她问他，“你应该先把头发打湿。”

“我保证，我会帮你打湿头发的。”凯文调侃。

我看到安娜的脸“刷”的一下红了。

“我们会拴住她，”我说，“完了之后帮她剪头发，直到把她剪成一个秃头。”

安娜转动了下眼睛，不过我知道她担心我们是一半正经。凯文像龙虾王一样，开始剪头发了。

“卡罗尔·本顿换了个新发型。”安娜说。

“谁？”我问道。心想她肯定说错名字了。

“她头发上还染了几缕红色。”安娜说。

“你到底在说谁？”我问她。

“卡罗尔·本顿。”安娜大声重复道。

似乎卡罗尔·本顿就藏在这个地下室的某个箱子中。有种恶作剧的感觉，好像哪个角落藏有摄像头。你是否曾经感觉到有人试图拍摄下你的行为？你会担心吗？还是哭泣？那种事情。

“喝你的啤酒。”我说道，并尽量让自己的表情保持正常。

“你没有注意过卡罗尔的头发吗？”安娜用邪恶的眼神看着

我，“我觉得很漂亮。”

“有你妈妈的头发好看吗？”我问她。

“这是什么意思？”她说。

“没什么，”我说，“她的发型只是很有趣。形状有点像头盔。”

“她剪那个发型花了很多钱。”安娜说。

麦克道格尔夫人的形象突然闪现在我的脑海里。

“涂抹的喷漆工。”我说。

“什么？”安娜问道。她不明白这个引用的含义，我也没解释。

我们在争什么？我心想。难道是凯文？或许只是无聊的束缚。即使你把动物关在一个笼子里，它们也偶尔会打架。我在自然频道看到过一个讲述这个主题的实验。凯文正专心剪我的头发，一言不发。只听到他的手发出咔嗒的声音。

“够了。”安娜说。

“玛蒂，”她说，“已经很短了。”

我让她把镜子推过来。手指了指乱塞在角落里有轮子的大型老式梳妆镜。

“等剪完再看。”凯文说道。

“她必须先看看。”安娜说。她把上面一些盒子甩开，然后将笨重、布满灰尘的镜子推了过来。这个镜子比她的个子还高，而她又从后面推动它。所以看起来，仿佛是镜子自己在神奇般地移动着。

当我看到自己时，镜子并没有完全放稳。上面还有链条，有点摇晃。我能看到我的脸在上下动，好像在跷跷板上一样。镜子中还能看到凯文，他手里还拿着闪闪发光的剪刀。我几乎认不出我自己了。

“发型有点不对称。”安娜说。这是今年最含蓄的评价了。透过镜子，我看见自己的头发有一边悬挂着，刚刚碰到脸颊。另外一边看起来则非常短，像软毛。

“全部弯曲了。”安娜再一次脱口而出。

“本来就应该是这样。”凯文说道。

“你觉得怎么样？”他问我。

“简直是对头发的摧残。”安娜坚持说道。这就是她的判断，单纯而简单。如果她有一个小木槌，一定会敲在凯文的头上。

我看着镜子，努力让自己聚精会神。不知为何，我想象着妈妈跪倒在地的场景。她请求我的原谅。当你剪掉自己头发时，如果剪得好，则意味着一个全新的开始。我看着镜子中凯文的眼睛，但我并不能看穿他秘密的愿望是什么。难道是毁了我？还是让我成为他的新娘？或许，对于他而言，两者都一样。

“再剪短一点。”我说。

我大脑里只有“怪物”这个词。我想成为一个怪物。

“把右边剪成左边那样，要对称。”我说。也就是都跟软毛那边一样。

“玛蒂，”安娜说，“你疯了吗？”突然她走向凯文。

“不要。”她叫道，这个声音我以前从未听过。她其实是想从凯文的手里把剪刀抢走。安娜，跳出来拯救我的英雄。不过凯文动作很迅速。他笑着往后退了退。

“没关系，”我跟她说，“发型跟凤卡的一样。”

“我讨厌凤卡。”安娜说。

“凤卡的发型很好啊！”凯文说道。

或许你不知道，凤卡是一个拉电子小提琴的女人，她的声音如同猫叫和狗叫。

凤卡是一个非洲人。她创作了一首针对战争的歌曲。但他们不会在收音机上播放这首歌。凯文在网上发现了这首歌，并传给了我。

“你确定需要我继续剪吗？”他说。

我对着镜子里的他点了点头。由于在出汗，所以我脱掉了身上的毛衣。里面穿的是一件吊带衫。凯文继续为我剪头发，我看着头发掉在自己身上。有些沾在手臂和肩膀上，甚至胸部，好像我是一个男人或动物。安娜没了力气。她坐在地板上，看着眼前发生的一切。不过，我知道，她只是因为爱我才这样。她的眼圈似乎有点红了，我真的很想跟她说，亲爱的不要担心。我想提醒她《圣经》里面关于参孙和黛利拉的故事，除了他们的负面影响之外。因为我只是想凯文把我的头发剪得越短，我就能变得越坚强。

镜子中，我变成了另外一个人。一个在坐牢的人或者一个日本修女，突然，我成了集中营中的安妮，一个人总是无法控制她的思想。我的心脏猛烈地在身体里跳动着。我感觉到一股神奇而可怕的力量。

“我会杀了他。”我轻声说道。

我所有的头发都剪完了。现在真的成了皮毛。

有声音从某个地方传来，或许是来自我自己的喉咙。

“我要杀了他。”我自言自语。凯文的眼睛看着镜子里的我。

“杀谁？”他问道。

“那个推海琳的人。”我说。

然后我往上看，看到安娜的眼睛。我知道我说错话了，说出了我的不开心。她尴尬地转身离去。

“不，”我说，“我只是开玩笑。”

似乎我刚刚睡醒，赤裸裸地站在那里。

“你到底在说什么？”凯文说，“她不是自己跳到火车前面去的吗？”

“安娜。”我叫道，试图让她站在我这一边，但是她只是摇摇头。

“你不能再说这样的话了。”她说，用她那美丽的蓝色眼睛看着我。

“别这样。”我说，我知道她是怎么想的。

突然，她的表情变得很可怕。

“她是自杀的，玛蒂。所有人都知道她是自杀的。”

她的声音很像那棵“树”的声音。

没有人推她，那棵“树”也是这么说的。是自杀，他说，仿佛他在对着一个反应迟钝的人讲话。好像我并不知道愚蠢这个词的含义。忽然，我感觉自己的胸部被一把锋利的刀刺进去，如同我们一开始找到它时那样。

“我从来不知道有人会杀害自己。”凯文说道，不过我无暇顾及他。我的眼里只能看到自己的头发。身上，地板上，到处都是。有些还在风中飘着，从楼梯上掉下来。

“你在做什么？”安娜问道。

我跪在地上，试图把自己的头发都收集起来。不过每次我想拿起来，它们总是从指间掉下去。

“我会清理的，”凯文说，“让我来清扫吧。”

“不，”我说，“别动它们。”

“不要碰它们。”我说。

“这只是头发而已，”安娜说，“为什么你会哭？”

其实我并没有哭，我只是在做别的事情。只有动物会做的事情。我试图保护我自己。我不能再抬头看了。最好就是用手捂住自己，像狗一样跪着。我想，如果我尖叫，所有这一切都会消失。如果我像狗一样吠。

“玛蒂尔德？”安娜叫道。并用她勇敢的手触碰我沾满头发的后背。

24

所有人在睡觉的时候都像小孩子一样。我观察过一次妈妈睡觉，她嘴巴微微张开，脑袋侧着。看起来就像一只乞求虫子的鸟儿。不禁让我联想到自己睡觉时的模样。那时的我是比实际生活更好看，还是更丑？不管怎样，谁知道我是否还会再睡觉呢。我并没有制订这样的计划。

安娜闭上眼睛时的模样跟平时不一样。很完美，但太平面化了。很显然，她的眼睛让她占据了优势。没有那双眼睛，安娜可能只是一个不完整的结构。房间的另一头，凯文正睡得很沉很沉，他的呼吸让我得出这样的判断。几缕长头发垂在他的脸上，像蔓藤一样。楼上和楼下，整个世界都已入眠。我能听到房屋外面的风声，令我抓狂。她……她……她，她是一个骗子。

见鬼去吧，我对那些想听的人说。

有时候，我会摸摸自己的头。上面的硬毛让我感觉自己距离上帝很近。

你离上帝越近，说明你和其他人的关系就越远。下面也很冷。当我触碰自己的颈背时，感觉快冻成了冰块。没有头发盖着，它完全被暴露了出来。你是否曾经遇到过这样的情况：不知道自己身处何地？午夜的感觉好像在月球上一样。白天过后，夜晚才会来临，大多数人都会告诉你这个道理。但我睡不着时，情况就完全相反了。

今天晚上，我没有听到警报器的声音，但我在思考它们。婴儿吸血鬼仍然在我的脑海里，还有那些死于某种被放进信件中传播的疾病的英格兰人。这是一种新型的流行病，能够把人变成水坑。

想到海琳，我就睡不着。她的死因让我困惑。我告诉自己，这件事情已经发生一年多了，翻篇吧。我会的，谢谢你，如果那个愚蠢的男孩不在那里碍事，我该怎么做呢，继续调查，还是直接忽视？保持警惕！标语上显示，但我想对于私人而言，没必要。对于死人，你只能将一个袋子套在自己的头上，这就是我们家的礼仪。

海琳身上发生的事情和战争有什么区别？人们死亡，为什么，多么可怕的秘密。自从我出世以来，战争就没有停止过，我只能告诉你，敌人一直都存在。如果你不战斗，他们就把你身边的一切都抢走，即便是你的亲姐姐。事实就是，即使没有人站在她的身后，也同样会有人推她。

忽然，凯文打开了一个小小的手电筒，我的心跳停止了。我想，如果我一直在自言自语，他肯定听到了我说的话。我差点叫出他的名字了。不过，我只是闭上眼睛，假装自己已经进入了深沉睡眠状态。

如果你想成功制作一部动物纪录片，就必须假装成为其中的一块石头。假装你不感兴趣。

凯文正轻轻地移动着，我怀疑他是不是在手淫。毕竟，对于这个年纪的男孩子，手淫很正常。我闭着眼睛，听到嘎吱嘎吱的声音，以及被单柔软的声音。楼上也传来了各种声音，有人轻手轻脚在地板上走动的声音。我无法辨识那是一个女人还是一只狗。

凯文站了起来，我听到了。他朝我的方向一步一步走过来。虽然穿着短袜，但脚步声像一个巨人一样。他越来越近了，我开始有点担心。我到底对他有多了解呢？自从小时候在城堡里面一起玩过之后，已经很多年了。那时，我们真的形影不离。此刻，我能感觉到他站在我的身边，以及他身躯的蓝色影子。尽管我很害怕，但是我决定睁开眼睛。我必须这么做。我必须看着他。然后告诉他，如果你想，我愿意。把我自己送给他。虽然妈妈告诫我们不能这么做。我深呼吸，开始放松身体。

然而，凯文从我身边走过去，当我睁开眼睛时，他已经掉头走了。他径直走向安娜。他的笔形电筒照在地板上。黑暗中的光束如同男巫的手杖。

有时候，事情往往会令人措手不及。但大多数情况下，事情还是会按照你预料的那样发展，与电影完全相反。这个人会爱上另外一个人，很显然，一开始就是这样。越是截然不同的人，越是一开始讨厌对方，结果关系反而会更好。

只见凯文坐在安娜身边。他看着她。搓了下双手，似乎很冷，而她就像一团火。我想，他爱上她了。或者更加糟糕，或许只是生理需求。

他并没有翻到她身上，只是碰了碰她的肩膀，等她猛然睁开双眼，他便叫道："嘘！"安娜的第一反应应该是看着我的方向。"玛蒂！"我希望她叫出声来，但是她没有。我在想，她能否看到我的眼睛在盯着她。

"她睡着了。"凯文轻声说道。

安娜头对着他。从她的眼神可以看出，这和我想象的不太一样。如果说此时应该播放音乐的话，一定是恐怖的配音。如同恐怖分子到来之前的时刻。我等待着安娜的尖叫声。我能感觉到她的心脏在她体内跳动着。她张开嘴巴，喷出一股害怕的气息。我知道，凯文也很害怕。当他的手从安娜的肩膀上滑动到她身体里时，他自己也不是百分之百肯定。他的动作非常缓慢，好像一名医生。安娜心惊胆战地等着他找到自己受伤的部位。当他触碰到她的腹部，她的眼睛再一次朝我的方向看来。我不明白。她需要帮助吗？还是只是想确定我是不是睡着了。

我确定，她看不到我，因为凯文的手已经滑到被单下面。安娜也快速将手伸到同样的方向，我猜，她在挡住自己的身体。当凯文向她靠近时，她摇了摇头。他威胁她，如同一只鸟儿浮动在秘密的空气中。他的鼻孔像花儿一样张开、合上。安娜的嘴唇紧闭着。很神奇，我竟然能够透过微不足道的手电筒发出的光线看到这些。

我不害怕接吻。接吻不代表什么。但是凯文的手仍然在被子下面，这样的行为就该另当别论了。这比接吻更加复杂。

帮她，我心想。但是我不能。不知为何，我的手臂和双腿不听使唤。我喉咙也发不出声音。甚至脸上的泪水也感觉不是我自己的。我知道，海琳曾经也有一两次和一个男孩子来到这里。她经常解释，是为了用钢琴弹一首曲子给他。不过并非总是在弹奏歌曲。中间有很多停顿。顿时，仿佛是一个活着的人和一个死人在这里做爱。我讨厌这个场景。

凯文的手现在成了有趣的木偶了，一个在被子下面的鼠标。我感觉胸口被重重一击。他们以为自己是谁？难到他们认为可以在没有我的情况下到达未来？我太恼火了，甚至都没注意到楼上传来的声音。凯文看向天花板，此时我听到厨房里面的喧闹声。不过凯文并未停止他的动作。他的手依然在被子下面移动，她为什么不阻止他？为什么不抓他的脸？难道她背地里就是一个淫妇吗？

楼上原来的说话声变成了叫喊声。这不是妈妈，也不是爸爸。我只听到“你的女儿”。你的女儿。这是警察在谈论关于海琳的事情。一切都照亮了，大脑里闪过一道光。警察已经找到杀手了，我那完美的谎言完好无缺地回来了。为什么凯文不停止他轻浮的行为？此时，安娜也朝上看了看，用她沙哑的声音向天哭泣。就在她准备说什么的时候，凯文用手捂住了她的嘴巴，让她保持安静。安娜用力睁开眼睛。厨房的声音不会有错。

“妈妈！”安娜大声叫道，把凯文推开。她现在哭了，管他呢。凯文关掉了他的小手电筒。

“安静一点。”他轻声说道，但已经晚了。

“你他妈的知道自己在干什么吗？”我说。

我打开自己的手电筒，照在那一对狗男女的脸上。只见他们一脸尴尬，竟然差点在坟场里面做爱！

“你在下面吗？”纳粹人喊道。最终，他们还是找到我们了。有一个使劲地敲门，几乎要把它敲破了。

“玛蒂尔德！”他们知道我的名字。我从腰间取出一把刀。

“安娜？”另外一个声音叫道。

“赶紧把门打开。”敲门的人说。

“不要。”我尖叫道。

安娜穿着她那宽大的睡衣睡裤，跳了起来。她抖了抖她的手，仿佛在风干她的指甲油。她一点一点向楼梯靠近。

“你敢。”我说。

“很抱歉。”她说，丑恶的脸上挂着泪水。

凯文正来回走动，他不敢看我。纳粹人又在敲门，并大叫。突然安娜跑向楼梯。我跟着她，但没能赶上。

“我要开始砸门了。”爸爸说。

“砸吧，”我说，“随便！”

“我就希望看到你这么做。”我说。

我试图在楼梯上抓住安娜，但是我绊倒了。我的嘴巴撞在地板上。门打开时，安娜停在中间。灯光照射进来。只看到纳粹人黑色的模糊影子，没看到脸。安娜冲向其中一个人的手臂。我和凯文在下面看着安娜将头埋进她妈妈的怀里。

“太恶心了。”我大喊道。

我转向凯文，但他仍旧没有看我。

“你会保密的，对吗？”他说，声音像蚊子一样轻。

安娜和她妈妈仍然站在楼梯上，如同两个涂在一起的斑点。大斑点抚摸着小斑点的头发。为什么她不打她一巴掌？我心想。

“玛蒂尔德？”爸爸叫道。他开始慢慢走下楼梯。我往后退，站在凯文身边。我看到安娜和她的妈妈消失在门口，走进房间。当爸爸下来看到我时，我并不理解他脸上的表情。突然，我才记起自己的头发。爸爸摇摇头，这个动作一直没停。

“把那个给我。”他一边说，一边从我手里把刀拿走。不知为何，我没有反抗。

“你必须回家。”爸爸转向凯文，说道。他的声音像是被数千磅沙子埋在底下一样沉重。

“萨维茨先生。”还没等凯文说完，爸爸便打断了他的话。“回家。”他重复了一遍，这一次明显不只是一个建议。

于是，凯文抓起自己的东西，跑上楼梯。我能听到前门猛然关闭的声音。爸爸看着我，手里拿着那把刀，我心想，他会不会杀了我。

“妈妈在哪儿？”我说。我向楼梯上看去，寻找另外一个模糊的身影。

“爸爸，”我说，“她在哪儿？”

但他没有回答我，只是闭上自己的眼睛。某种声音驱使我抓起他的手，于是我真的照做了。我抓起他另外一只没有握着刀的手，我们就这样站着过了很长时间。我再一次往上看，但连狗的影子也没看到。到底发生了什么事情？我心想。

“爸爸？”我推了推爸爸的手臂，但他并没有睁开眼睛。

“爸爸？”

第三章
世界上存在着美好的事物

世界上存在着美好的事物，
同时，
也有悲伤。

我想象着，
妈妈赤裸裸地躺在旅馆浴缸中，
爸爸倒入无数桶钱币。

25

妈妈遇见爸爸时，她只有十六岁，你相信吗？爸爸说，当时妈妈很害羞，她甚至都无法直视爸爸的眼睛，她总是低着头。据爸爸描述，如果想要引起妈妈的注意，必须弯着身子。只要这么做，妈妈就会笑，然后你就能拥有她了。

当时，爸爸喜欢抽烟。他才十八岁。他们的爱情非常突然。据称，爸爸有一天从爷爷那里偷了一些钱，给妈妈买了一件貂皮大衣，结果发现是假皮，而且不适合妈妈。妈妈又觉得这件衣服很土。当时，妈妈的品味很独特。她让爸爸把给她买的订婚戒指退掉，然后他们一起跑到一个两百英里远的专卖店，买了妈妈想要的一个由蓝色盒子装着的戒指。

我已经听了他们过去所有的故事。比如，他们的蜜月是在一家山上旅馆度过的。到了晚上，这家旅馆会把所有灯都打开，妈妈说，如同天堂般漂亮。

噢，对了，他们的新婚之夜安排在一家装饰有金色天花板的餐厅。桌上摆满了香槟和巧克力蛋糕，上面都点了蜡烛。爸爸起身，为妈妈演唱了一首歌，每一个人都认为他们会一直这么恩爱。在那里，人们的语言他们并不懂。但那天晚上，爸爸说，他和妈妈明白了一切。

世界上存在着美好的事物，同时，也有悲伤。当两者走到一起，会形成一个恒星。光线很远，而最陌生的部分就是它的光在你体内。不管你怎么使劲想看清楚，都无法看到恒星本身，你只能在湖里面看到它的倒影，这个倒影同样在你心里。当我告诉那棵“树”关于这个恒星时，他看着我，仿佛我就是样本。圆圆的，环绕行驶，没有人知道她会停在哪儿。这就是他们说的赌场中的东西，往往爱人们能够赢三千美元，你信吗？我想象着，妈妈赤裸裸地躺在旅馆浴缸中，爸爸倒入无数桶钱币。我只能想象。假如真的存在这样一个五星蜜月的话。

那时，我一定会赞同爸爸，妈妈就是他要结婚的对象。但如果换成现在，我可能会说服他娶别的女人，一个舞者、一个歌唱家，或者一名女警察。一个可靠的人。而不是一名读者，一个只会消失的人。从现在起，如果有人问我我的妈妈是做什么工作的，我只会说，她是一个女魔术大王。是不是有这样一个妈妈很骄傲？你能想象吗？放学回家，她会倒置在一个装满水的水槽中，做基本练习。我想帮她，但我必须有信心。帮她会破坏整个目的。我只有等，然后，当她从水槽中出来，我要斟一杯饮料给她。她就坐在一张椅子上，我用毛巾帮她把头发擦干。这个行为很亲密，我不得不说。妈妈，你让我担心了。

问题在于，当一个女魔术师从一阵烟雾中消失，表演并未结束，直到她重新回到大家的视野中。如果你让人们等太久了，他们就会生气。假如你再也没有回来，那么在我所认知的魔术界，这意味着一次失败的表演。

我和爸爸从地下室走上楼梯，我们坐在厨房。爸爸就刚才的状况打了一堆电话。他打给所有认识的人，但妈妈都不在。

“你试过拘留所吗？”我说，但是语速很慢，爸爸并没有听到。我不知道为什么会这么说，说实话，其实我有点害怕。我不知道如果家里发生逃跑事件会怎样。沮丧或诸如此类，会带来什么后果呢？

“她开车走的？你觉得她会去哪儿？”

“我不知道。”爸爸说，我能看出他真的不知道。我还知道，这个问题简直要把他吞噬了。

“你认为她离家出走是因为我吗？”我说。我不记得最后一次见她跟她说了什么。我甚至很难想象她的脸。我努力想记起，但大脑不断出错。

“你为什么不跟着她？”我说，此时，爸爸突然完全注意到我。

“因为我必须找你。”他说。其语气好像在传达，找我是地狱里面最糟糕的惩罚。

“对每个人都这样撒谎。”他说。我知道他是指地下室和在安娜家睡觉的谎言，不过我担心的是，他会发现我说过的关于海琳的事情。我知道，他对我所做的很多事情都抓狂，不仅仅是地下室。但有趣的是，他仍然给我制作三明治。

如果不是安娜的妈妈打电话来确认她的宝贝女儿没事，所有的事情就会进展得非常好。我们可能永远消失在下面。如今，我又回到了开始的地方，楼上，像往常一样，由妈妈决定一切。尽管，妈妈不在，但其实她无处不在。妈妈都是这样。因为在生物学中，妈妈属于一个真正的问题。她们黏着你，因为你身体里有很多她们的细胞，整个身体。这比恐怖电影还糟糕。

"或许她只是出去兜兜风。"我说。在我和海琳很小的时候，妈妈会毫不犹豫带着我们，驾驶两个小时去动物园或者博物馆，甚至是哪家精美的鞋店。她真的很迷恋驾驶。"你也知道，她多么喜欢开车了。"我说。

"你们在下面做什么？"爸爸问道，换了个话题。

"没什么。"我说。我不想跟他讨论关于恐怖事件的事情。我努力吃三明治，但发现吃不进去。厨房散发出一股怪味，好像路克的粪便。

"它一晚上都在大便。"爸爸说。我很惊讶听到爸爸这样说话。因为这不像他平时说话的风格。我看着角落里的路克，它正一脸愧疚地坐在它特殊的床上——一堆报纸和塑料垃圾袋。我有时候忘了它老了。

"狗一般能存活多久？"我问爸爸。

"它很好。"爸爸说。

我分了一半三明治给它。

“不要喂它这个，”爸爸突然说道，“看在老天的分儿上，玛蒂尔德。”

从某种程度上说，站在我眼前的是一个全新的老爸。

凌乱的头发，黑色的胡须，在这样一个糟糕的日子里，爸爸就像一个电影明星。即便海琳死后，他也坚持每天早上梳头发，剃胡子，展现出最精神的面貌。今晚，他的表情就像一个会从巴士后面扔一个啤酒瓶到前面的人。我一直等着他叫我上床睡觉，但是他没有。或许他内心其实希望我成为他的同伴。

此时，他又拿起了电话，路克正抱怨什么。或许它只是想要一个宠物，一个在背上帮它摩擦的东西。通常，它会四处走动，然后按照自己所想，把头伸入到你怀里，不过可能是它病得很重。或者它很害怕，无法离开它的塑料袋，它担心又让自己出洋相。

“路克，”我说，“路克小伙儿。”它轻轻地摇了摇自己的尾巴。时钟显示两点一刻。厨房已经不是厨房，而变成了一个等候厅。

“你打电话到医院了吗？”我问爸爸。

看着他举着电话，后背弯曲成了一个问号，我想起了妈妈最近对我的两次亲吻。第一次是她喝醉了；第二次是我播放完海琳的录音带之后。尽管两次亲吻都很可怕，但我也在怀疑可能是我自己做错事了。亲吻的意义并不总是十分清楚。亲吻是一个很复杂的动作。我在想，妈妈上一次亲吻爸爸是什么时候。

终于，妈妈的样子出现在我的脑海里，不过是错误的印象。

只是一个相册中的图片，那时妈妈还只是一个少女。她穿着绿色短裤和一件黄色衬衫。忽然，我想起妈妈以前跟我说过，她曾有一次想把停在葡萄柚树上的鸟儿吓跑。当时，妈妈只是个孩子。由于鸟在树上总发出各种叫声，影响她阅读，这让她很抓狂。最后，她朝这只鸟儿扔了一块石子，击中了鸟的头部，这并非她的本意。

鸟儿像一颗葡萄，从树上掉下来，落进泥土中。妈妈跑到屋里告诉外婆，等她们都跑出来时，鸟儿已经不见了。顿时，外婆笑了，说一块石子是打不死一只鸟的。妈妈非常愤怒，虽然她从未想过要用石子打死鸟，但在接下来几个星期，她都不断尝试这么做，这样她就可以像一个开心的猎人把鸟带进屋里，丢到外婆的膝盖上，给她看。我问妈妈是否想过之后鸟的大脑可能会受伤，她说："我不知道，我希望没有。"接着我们都笑了起来。她和我一样。一个连看着你都会害羞的人，仍然知道怎么扔一块石子。很好。现在想想这个愚蠢的故事，只会令我更加疯狂。

"你打电话给警局了吗？"我说。爸爸依旧站在电话旁，仿佛站着睡着了。他的眼睛紧闭着。他听到我说话了吗？很显然，他在想妈妈，如同凯文正在想安娜一样。"她还会回来找我吗？她还会爱我吗？"要想让爸爸听到我说话，我必须大声叫喊。因为两个人坠入爱河时，想引起他们的注意，只有让自己变成一个干扰者。

"她那么喜欢喝酒，"我说，"可能会引发车祸。"

“这得她自己负责。”我说。

爸爸睁开眼睛，我生平第一次如此怕他。他看上去，像是一个已经一无所有的恐怖分子。他眼睛下似乎被人打了一拳，呈深色状。

“你需要什么？”他说。仿佛我是一个在路边乞讨的陌生人。“你到底需要什么，玛蒂尔德？”他用手指着我反问。

“什么也不要，”我说，“没什么，爸爸。”

呸呸呸……回答错了。爸爸盯着我。

“你必须走。”他说，安静而可怕，我不知道他在和谁说话。

去哪？我心想。他到底什么意思？或许他是想把我从房间里面赶走。忽然，我的脖子感觉到一股热气。

“我不走。”我说。听到我的声音，路克立刻站了起来。

“坐下，”爸爸说，“你都不知道我在说什么。”

“我不在乎。”我说。

“坐下，”爸爸说，“不要再大喊大叫了。”

“我和你妈妈都觉得你有必要再跟米勒斯先生谈一下。”他说。他是指那棵“树”。

“不。”我说，路克吠了一声。

“只是谈谈，”爸爸说，“上次的谈话对你有帮助。”

“或许她现在就跟他在一起，”我说，“或许他们是情人。”

爸爸坐在桌子旁，假装很头疼。

“他跟她很般配。”我说。

爸爸用双手捂住自己的脸。突然，我意识到他可能也会消失。他指关节的汗毛长长了，我越看它，长得越长。

“爸爸，我只是在开玩笑。”

“她会没事的。”我说。有时候你不得不对人撒谎。我按照那棵“树”教我的那样深呼吸。这是他一个很不错的建议。

“我在深呼吸。”我告诉爸爸。

“很好，”他说，“你应该这么做。”

但是他仍然处在外太空，用手遮住脸。缓慢地叹息，仿佛他是一个泄了气的轮胎。

“我们都不知道你在哪？”他说，有点自言自语，“亲爱的，你不能这么对她。你不能……”但这是另外一种游离。

窗户上似乎结冰了。我无法判断爸爸是否在哭泣。

“或许我应该上床睡觉了，”我说，“爸爸？”

当我触碰父亲汗毛很长的手时，感觉到很冷。

“好的，”他说，“去吧。”

路克想要跟着我从厨房出来，但我制止它：“不要，待着别动。”

“爸爸，晚安。”

“做个好梦。”他说。我并不认为他是说真的。

“不要跟着我！”我对路克说，它又想尾随我，这只愚蠢的痴情狗。

26

我把海琳的房门锁上，打开电脑。在它启动时，我看向窗外。透过屋外的树，我能看到凯文家里的灯光依然亮着。我心想，他是怎么跟他父母说的，他编造了什么谎言解释半夜才回家。他可以轻易逃过惩罚。通常，男生撒谎，所有人都觉得没什么大不了的。但女生不一样，如果女生撒谎，被扔到软垫病室已经算很幸运了。

回到桌子旁，我看到镜子中的自己。仍然令我震惊。没有头发，我的眼睛大概比平时肿了十倍。我看上去，像是刚从丛林里面走出来的人。我联想到了勇士，用骨头透过鼻子在打鼓。当我输入CALIFORNIA时，依旧能感觉到心脏怦怦的声音。电脑“咔哒”一声，转换页面，然后进去了。

Hey，girl，欢迎您！您有三条新消息。

在我查看是谁发来的邮件时，鼓声停了。一切都安静起来。三条来自 LDM@blueforest.com 的邮件。都是那个凶手的。深呼吸十次之后，我还是没有勇气打开它们。我起身，再次环绕了下四周。凯文家的灯已经熄灭了。我怀疑鱼已经进入塑料山洞里面睡觉了。当然，如果鱼会睡觉的话。我并不了解鱼的夜行性。

啪啪啪。我以为有人来找我，往下一看才发现，原来是我的手指在敲击窗台。它们的敲击速度达到了一分钟一英里，好像我在黑暗中传达 SOS 信号给凯文。我并不想这么做，我的手指只是下意识地在敲击。我命令它们停下来，然后打开第一条信息。

海琳，是你吗？到底发生了什么事？你收到了我发给你的那数百封邮件吗？我已经疯了。你的电话，所有的联系方式都不能接通。整个夏天，我都要放弃了。请回信给我，你不能这么长时间了，只给我发一条空白信息，这到底什么意思？亲爱的，不要跟我玩捉迷藏。噢上帝，我爱你，我现在简直就是深陷地狱。一切都一团糟，不过会好起来的。请写信或者打电话给我。我知道，在我离开期间你肯定特别想我。但是我只需要离开一会儿，我妈妈什么事情都要管着我。我告诉她这个问题。你会回到我身边吗？我太爱你了，你必须相信我。你不再写信给我的最初几个月，我来到小瀑布，每一次都在那里转悠至少十个小时。我甚至不知道你家在哪，电话本上没有萨维奇的名字。我还去过我们的公园，坐在那里直到晚上。对不起，如果你想听我说抱歉的话。我可以任何时候开车去找你，这周末或者随便哪一天4点之后。或者你也可以乘那趟火车来找我。你还在学校吗？回邮件给我。海琳，我几乎无法打字了，我的手在颤抖。

听到车子发动的声音，我跳了起来。是爸爸。我估计他要去找妈妈。或许他会开到主干道路上的旅馆和酒吧，如果找不到，可能会开夜车到山上，甚至一直开到瀑布那里。

突然，我想起了萨维茨家族的诅咒，爸爸或妈妈开车直接冲下悬崖。我想象着自己试图给他们当司机，保证他们的安全，但我太累了，最后失控了。

虽然很晚了，但我还是打电话给安娜。她妈妈接的，我挂掉了。我只是希望能够跟她在同一张床上睡觉，盖着她那散发着奶香味的被子。哪怕仅五分钟。我现在也需要打个盹儿。

我无法入眠。我收到你的“消息”时，我才刚刚走进房间。我有点喝醉了，如果不断打扰你，很抱歉，希望你能理解。毫无睡意，想你。请回复。

这是路易斯的第二条信息。第三条只有四个字。

求你回复。

他到底想怎样？我不明白。如果他是凶手，那他怎会不知道她已经死了？

我大脑有点混乱。难道海琳·萨维奇是另外一个女孩？他怎么会不知道我姐姐的名字呢？我再次走到镜子前，审视自己。我觉得，我真的不太擅长扮演海琳的角色。我太丑了。我不知道为什么要对自己撒谎。脸上落下两行泪水，但没什么特殊含义。或许再跟那棵“树”好好谈一谈，也不是什么坏事。

突然间，我多么希望爸爸在这儿。她也行。

亲爱的妈妈，我能看到你。有时候我就站在你身边。虽然我能看到你，但是我什么也做不了。你经常想我吗？爸爸怎么样了？玛蒂尔德呢？请发一条信息给我。爱你的，海琳。

这是我几天前写好的要发给妈妈的信息，但我没发。再看一遍之后，我从头上拔下三根头发。我将它们编织成安娜给我展示的那样，然后我点了发送键。

最后，我给他回复了。

亲爱的路易斯，我会去你家，请提醒下我，怎么走。H.

然后，我把电脑关了。

我必须弄明白他是谁。他是怎么做的。世界上有很多方式可以杀人。你不需要一支枪、一把刀，甚至连手都不用。有人能够只用大脑作案。有时候，你只需要诅咒别人去死，事情可能就会真的发生。我想要的是正义。因为无论你怎么看待这件事，都存在犯罪。

我不能坐在这里，什么都不干。必须有人完成这个故事。

当上帝出现在圣女贞德面前，他主要作为一道天使之光。之后，她做了他叮嘱她的一切。一旦你决定成为上帝的秘书，就没有退路。有工作，就一定要做。无论你心里多么害怕，都必须克服。

“坚持到底，”凤卡说，“火在哪，狮鹫就会在哪生存。穿上你那该死的战靴吧！”

27

据说，每个人都会有一个长得跟自己很像的替身。这个替身是住在世界的另一端吗？一个人的两个身体能否住在同一个镇上，上同一所学校？安娜的替身正和卡罗尔·本顿在自助餐厅里谈话。很奇怪。那里的灯光太明亮了，惹得人眨眼。安娜倚靠在远处的墙上，一只脚从鞋里面拿出来。她用脚趾头对着自己的大腿。这个造型真性感。

卡罗尔·本顿把书放在自己的胸前，手臂交叉如同埃及雕像。我无法判断她们交谈的内容。主要是卡罗尔·本顿在不停地讲，我大吃一惊。安娜总是重复着将自己的头发挽到耳朵后面的动作，哪怕耳朵前没有头发。我准备过去说安娜，但是我会谈到她的替身。并且，安娜倒回去还是安娜，所以我能说安娜，然后表达相反的意思，这由我自己决定。

卡罗尔·本顿正说着什么，眼睛睁得很大，安娜一边笑，一边捂住自己的嘴巴。我透过餐厅的大玻璃墙（像一个大型的玻璃缸），在外面注视着她们。人们不断从我身边经过，擦过我的肩膀，但我如同河流中的一块石头，一动不动。本来我今天不该出现在学校，但是爸爸并没有留我在家。我们都很担心妈妈，却假装一切都很正常。别担心，爸爸说，她可能是迷了路。你也知道你妈妈这个人。我说是的，我知道。卡罗尔·本顿转头，可能看到了我。她停顿了一秒钟，然后回头看着安娜，继续聊着。

我甚至没有机会跟安娜讲话，关于地下室的事情。今天早上，当我给她家打电话时，又是麦克道格尔夫人接的，我失去了勇气。然后，我迟到了。等我到学校，安娜已经“被绑架了”。问题是，卡罗尔·本顿的头对于她的身体而言太大太不协调了。还有她的胸，不该是她这个年纪该有的。谁的胸需要那么大？我很高兴自己的胸小。大胸简直就是畸形。

突然，一股巨大的波浪袭来，我撞到了玻璃墙。狠狠地撞到自己的头。你知道人们口中的看到星星的感觉吗？此时我真的看到星星了。等我转身想看看是谁推我时，只能看到一个模糊的人影。我感觉自己脸上湿湿的，我摸了下，是血。有几滴已经流到地上，从我的鼻子里面流出来的。我冲那个推我的人尖叫，我能感觉自己的喉咙里面也有血，部分流到我的衬衫上。

接着，奥利韦拉女士出现了。她向我跑来，发出咔嗒的声音，让人以为是时候喂鸡了。她从口袋里面抽出一张纸巾，试图擦我的脸。

“不，”我说，“我不需要。”她不是我妈妈。我用手挡住自己的鼻子。

“拿着。”她说，把纸巾递给我。很显然这是用过的，我想扔掉。

奥利韦拉把我的手从脸上甩开，硬是把纸巾放在我鼻子上。我并没有反抗。我让她在所有人面前，将一张用过的纸巾摁在我脸上。鼻血流个不停，红红的。纸巾浸湿了。奥利韦拉手上有一朵玫瑰花的印子，她摁在我的鼻子上，强迫我闻它的味道。有股钱味，像硬币。

为什么她会在这儿？我心想。为什么她会成为我生命中的一部分？我不会选择她来拯救我。她摊开另外一只手，摸了摸我的额头。“为什么你要戴一顶帽子？”她说。我还在想，为什么她要碰我。我怀疑她是那种不懂得爱的女人。或许她是同性恋。当听到上课铃声，我跳了起来。安娜仍然在那个玻璃餐厅里。当我们四目相对时，她低头了。我想走到她面前，但我被奥利韦拉压着。

“我什么也没做。”我说。

“我知道，”奥利韦拉说，“我看到了刚刚发生的事情。”

她知道什么，看到什么了？如果你问我，我会说什么也不知道。她看不到我的想法。忽然，她把玫瑰从我脸上拿开，藏在手中。她以为自己是谁，魔术师吗？

“你看到是谁推我的吗？”我问她。

“别管这个。”她说。

“是迈克尔·弗拉特莫吗？”

“没有人推你，”奥利韦拉说，“是你自己赶上了人流量高峰期。”

“跟我来。”她说，手指又摆动了下。

“我没事。”我说。

“只是帮你清洗干净。”她说。

我告诉她我自己来，谢谢。

“鼻子怎么样了？”她问我。然后轻轻地抬起我的下巴，检查受伤的地方。我心想，为什么她没有小孩。我怀疑她是不是想要小孩。或许是她身体有病。

“随时来我办公室，”她说，“如果你想休息的话。”

“上下一节课之前，请把帽子摘掉。”

“好的。”我说，接着后退离开。我能看到她手指中间夹着的玫瑰。

“能把这个纸巾给我吗？”我说。我不想让她拥有更多支配我的力量。对魔术而言，血比头发更有杀伤力。当她把玫瑰丢到我手里，我感觉到很重、很柔软。比我想象中糟糕。我拿着这个东西，匆匆沿着走廊跑。在我手掌中，它就像一个鸡蛋一样。

我一开始并没有走到自己的储物柜前。我没有穿外套，直接跑到外面去。我不能满身是血地待在学校。我知道凯文这个时间在干木工活，于是我偷偷溜到教学楼北边的商店。起初我没看到他，因为这里不是在干木工活。而是有很多头戴钢盔的男孩，钢盔上还有喷灯。这一定是用来做焊接之类的事情的。

我不知道原来学校还可以有这样的选择，否则我一定登记报名。这里的火焰和金属，从外面看上去像是一个中世纪城堡，供骑士们训练他们犯罪活动的秘密房间。

我认出了凯文的颈背。并且，看到了他黑色靴子上的链条。火焰从他的手枪中喷发出来。顿时，火星在他周围乱冒，像萤火虫一样。他做的工作，我不懂。是一个生锈的金属废料塔。不过看上去更像是一场灾难，而非工艺品。

透过玻璃看人，和看真人一样。这种感觉和正常与人打交道没两样。你能看到他们，只是你触碰不到他们。我敲了敲玻璃，但凯文戴着钢盔没有听到。等我再敲玻璃时，一个肥胖的男人不知从哪儿冒出来。我猜他是这里的老师，虽然我之前从未见过他。他的脸戴着隔音罩，蓄着胡须，头发是爆炸头。他冲我大声喊着，但我不明白他在说什么。他巨大无比的头发把一切都遮盖了。他像一名萨斯科奇人。

跑到山上，我几乎要大笑起来。树林里到处散落着色彩斑斓的树叶。这真的是一座很美的学校。有机会来到这里，的确很幸运。如果要离开这儿，我会感到万分抱歉。其实我在飞。我的双脚踩着这些易碎的红色、橙色“地毯”，发出一种奇妙的声音。我听到自己的呼吸声，如同树林中的追逐场面。最好不要去旅行，我心想。旅行通常是恐怖片的惯用手法。一旦旅行，你会遇到各种灾难。魔鬼会在大约两秒钟之内对你突然袭击。

树林向学生开放的时候，我在镇上。我不停地跑。我的计划是直接去火车站，但是不知何故，我在一家教堂前停了下来，好像是我们的永援圣母堂。石雕工艺大约有一千年之久了。这栋建筑，给人感觉似乎快要倒塌。的确如此。但我还是敲了敲门。没有大衣，我感到非常寒冷。等了几分钟后，我“嘎吱”一声推开了一扇较大的木门，走了进去。我听别人说过，教堂可以不需要邀请，直接走进去。它欢迎所有人。这意味着这个地方可能充满罪犯、妓女以及无家可归的人。但管它呢，我心想，至少比冻死在外面强。

“有人吗？”我说。但没人回应。

28

人们都说，教堂是超乎现实世界的另外一个世界。这是一个真实的地方，但你必须展现在上帝面前。我听说，在这里会很安全。但说真的，我注意到的第一个问题就是，这里并不太温暖，气温也不高。不过过去真的有人在这里解暑。或许是受情绪的影响——上帝的冷酷。这样便于理解。寒冷是地狱的反面。据基督教的人说，地狱非常闷热。

教堂里面散发着一股图书馆的味道。在上前方，一个站在梯子上的男人正在修理灯泡。他不是牧师，如果是的话，就不会穿着工作服。十字架上的耶稣在这里最引人注目。这里是天主教徒的教堂。这个镇上建造了很多教堂。每座山上都有一个，但天主教徒的教堂只有寥寥几个，而且相隔很远。这附近新教徒居多，外加一些狂热者，他们通常会带着显示“拯救你的灵魂”字样的荧光灯去教堂，然后坐在观众席中。

我沿着中央通道向前走，为了更好地观察耶稣。他的眼睛紧闭着。我认为这并不是他们想要传达出来的信息。他正在受苦。安娜说过，这是他的主要职责。当我再靠近，我发现他的眼睛可能并没有一直闭着。请不要看着我，我心想。曾经，我在一部电影里面看过它，一尊睁开眼睛的雕像，我和安娜都尖叫起来。有趣的是，当我在想，请不要看着我的时候，身体里又有一个声音祈祷他看着我。这是我身体的两个思想。

由于耶稣基本上都在炫耀自己，于是我向他鞠了个躬。他的体格并不差。虽然很瘦，但仍然有肌肉。令人不得不联想到他的日常活动可能是慢跑或游泳。他穿得很少，像是宽松的运动短裤。看上去不怎么样，有点花纹。这里还有血迹和长棘海星，一个人看到它，还是会变得严肃起来。我取下头上的帽子，站在他面前。楼梯上的男人没有看我，似乎我完全有权利站在这儿。

这里的烛光真的很多。光线和影子照射在耶稣的身上，让他看上去似乎在抽搐。感觉人们在角落里秘密行动着。我怀疑有死人在这个教堂里面游荡。

我跪在一小块有垫子的地方，抬头看着圣坛。

"耶稣。"我说。一开始，我只是想引起他的注意。然后我讲述了自己生活中发生的一些事情和现在的处境。我努力想说真话，但可能稍微有点夸张。我并不认为他会为此而惩罚我，因为我不属于他的管辖范围。说实话，其实对着他，我感到很坦荡。

"需要我帮忙吗？孩子？"有人说道。

我转身，看到一位夫人站在那里。她一定是在我说话的时候溜进来的。

“噢，打扰你了。”她说。

“小姐。”她说，并纠正自己。我猜她是一名修女。她全身一副修女的装扮，只是没戴鹈鹕帽。

“我从后面看不出来。”她说。

我重新把帽子戴在头上。“我说话声很大吗？”我问她。并告诉她我在祈祷。

“嗯，没事。”她说。但提了一个建议，下一次声音可以小一点。

我告诉她我只是想确定他能听到我讲话。

“噢，他能听见你讲话，”她说，“他还能听到你心里的想法。”我怀疑她是个疯子。我注意到她的装扮不是最好的，衣领处有点磨损。

“我不是这间教堂的人，”我说，“我只是来参观一下。”

看得出，她对此感到怀疑。

“你很冷吗？”她说。

“还好。”我说。

“你没有外套吗？”她笑道。

“有，”我说，“但没带在身上。”

“哦。”她点了点头应道。

“我有很多外套。”我说。

她不停地冲我笑。“因为我们后面有几件，”她说，“如果你觉得冷，只要跟我们说一声。”

我怀疑她是不是认为我无家可归。太好笑了。我问她是否知道一些祷文。不知为何，她又笑了起来。

“哦，知道。”她说。她说她知道很多。只见她走向一排座位，从长凳里面的夹书器中取出一本红色的书。她把书翻到一个特定的页面，并指着上面的内容对我说：“这是很不错的一段。”

我向她靠近一点。她把书递给我，但我并不准备试听她阅读。

“你有没有说过什么，不是这本书上的内容？”我问她。

“比如？”她说。

“自己编的话，”我说，“你自己的东西。比如故事。”

“没有。”她说，“哪种类型的故事？”

“我也不知道，”我说，“比如烦心事。”

“如果你念的是祷文，”她说，“就不会有那么多烦心事了。这也是我让你念这段话的缘故。”

“但这些不是我要说的话。”我说。

“是的，就是你要说的话，”她说，“这是每个人要说的话。”

我判定，她一定是个疯子。竟然要求别人跟她是一伙儿的。

“你许过愿吗？”我说。我知道，她正拿着绳索的最后一端对着我。或许你会说修女的绳子比大多数人的长，但我想未必。

“有的人会许愿，”她说，“但我不许。”忽然，她嘴唇紧闭着。你是否注意过，当你问人们几个问题之后，他们就会变成这样？你问他们一个简单的问题，他们会表现出好像你要闯入他们的房间似的表情。

“为何我们不给你一件外套呢？”她说。

我甚至懒得跟她争辩。“没问题。”我说。

我有点喜欢她了。黑色服装真的很迷人。白头发，虽然很短，但比我的长。这种白很有趣，上面还有影子。如同暴风云一样的白。

在教堂后面，有一些木墙围起来的房间，还有长凳和书架。后面就像一个公寓。我期待能看到肥胖的男人在这里抽烟。不过这里真的很冷清，连神父都没有。或许他们今天放假。也可能都在睡觉。除了星期天之外，他们的生活应该非常悠闲自得。

我跟在白发修女的后面，沿着一条连着教堂和另外一栋楼的走廊往前走。我不得不说，这里像一个迷宫。我不敢保证自己会走进去。我只希望能够记得出来的路。我们来到传说中的衣帽间，里面放着一堆废旧物品，比我们的地下室还破烂。我和修女站在门口看着这些垃圾。修女冲着那一堆物品笑了笑，仿佛那些是盗窃来的金子。

“你可以随便挑，”她一边指着靠墙的架子，一边说道，“那边有一些孩子的外套。”

“我有家。”我说。

“这件怎么样？”她说，走到一件毡状的橙色外套前，“或者这件。噢，这件不错，很暖和。”她从架子上取下第二件外套。

看上去像是由豚鼠制成的。

“不要。”我说，但她还是递给了我。上面有三种颜色，黑色、棕色和白色。衣服极其柔软。

“噢，我想就这件了。”她说。

“这是谁的外套？”我问她。

“这是捐赠的衣物。”她告诉我。

“是死人的遗物吗？”我说。

“噢，这我就不知道了。”她说，“我不这么认为。”

“衣服很干净的，”她说，“如果你担心这个问题的话。”

“这件外套还不错。”她说。竟然真的把它套在我身上。

“多少钱？”我问。

“噢，不要钱，”她说，“尽管穿好了。”

每次回答问题都会说“噢”。“噢，这样”、“噢，那样”。这种说话方式很有趣。为她的魅力加了一点分。

“试一试。”她说。

“等我出去再试。”我说。我可不想穿上一身毛。

“这件外套会让你看着更漂亮。”她说。好像她懂审美一样。

不过她笑起来，确实能够带动你的身体。

“我能问你一个问题吗？”我说。似乎她是最佳的提问人选，毕竟她是专业的宗教修女。虽然她回答“当然，没问题”。但我突然又问不出来了。仿佛我的身体里面有各种锁。我听说，自杀是一种罪过，但我仍然想了解更多。我想知道在一个人自杀之前，跟她发生争吵是不是也需要付一半的责任。这个问题其实在我心里藏了很久了。

我想问的是，一个人能否同时自杀和被他人杀害。到底是路易斯还是我。因为，海琳出事的那天早上，我跟她大吵了一架。我跟你说过吗？

那棵“树”都不知道这件事。他经常说，如果你什么都不说，我怎么帮助你呢？不过不是心里所有的事情都能够说得出口。很多时候也会不知所措。

修女在等待着我的问题。我必须说点什么。她的笑容似乎在威胁我。

“恐怖分子会在地狱燃烧吗？”我问她。

“什么恐怖分子？”她说。

“投炸弹的人，”我说，“还有他们的团伙。来自沙漠。”

“噢，好吧，”她说，“我不太关注这些事情。”

我在想，这些修女每天都睡在哪儿。地下吗？或许她们不看报纸和电视。不然就是违反规定。

“这是一个重大事件，”我说，“我朋友安娜的哥哥也在那儿。”

“噢，”她说，“外面太可怕了。”

“我们会帮他们祈福的。”她说。我不知道她是指战士还是恐怖分子，但我懒得去问。或许跟一个克利须那人讨论会好一些，他们通常都比较年轻，但我不知道他们在哪儿，除了时不时地出现在外面的超市。我听说他们居住在树林里的木屋中。据称他们在那里饲养孔雀。

“你想跟你妈妈打电话吗？”她突然问我。我想可能是她看到我的表情很奇怪。

“不。”我说，但她没有放弃。

“你有妈妈吗？”她问我。

这算什么问题?

“当然，”我说，“她是普利策奖候选人。”

白头发修女用疑惑的眼神看着我。

“谢谢你给我这件外套。”我说，冲她笑了笑。

“不用谢，孩子。”她说。在我还没走之前，她心里便发出一道闪电击中我的心脏。耶稣。几乎要把我射倒在地。

29

走路到火车站，真的很远。无奈之下，我只好穿上那件豚鼠外套。寒风刺骨。最后几片树叶陆陆续续从上面落了下来。你发现了吗？一切都是假的，包括这些树。当你了解它以后，它几乎回不到真实的世界了。哪怕是乔治斯坦顿大街上的妇女从家里提出垃圾来也是在演戏。她完美的戏服就是一件粉色浴袍，上面绣着大大肥肥的黄色雏菊。被电视观众看到了肯定要取笑她。或者这个或者悲痛的号叫。她的长袍吹在她的大腿上，像自由钟。

“早上好。”我说。

“早上好。”她说。观众对我们的日常生活要抓狂了。但这是我们最好的交流方式。过了几个街区，一名男子正在清扫树叶，但风不停地吹跑他的树叶堆。导致树叶总是堆不起来，不过他还是很有耐心地在扫，似乎他拥有世界上所有的时间。

我懒得去跟他打招呼。来到门罗附近的小区，看到两个小孩，其实是幼儿，正在他们院子里的破旧的玩具室玩。我有点想拍拍手，然后像流浪猫一样把他们赶走。出于某种原因，我也会再次逃跑。

火车站是一栋很老的建筑，里面开设两个售票窗口、两个零食机。候车室配备了许多木制长凳以及不断更新的时刻表板。时间改变的时候如同专家在洗扑克牌。我看到一个小时内有一列火车会开往德斯蒙得。

“去德斯蒙得多少钱？”我问售票员。

“单程的？”售票员说，我告诉他不，我要往返的票。

“十四美元八十分，”他头也没抬便说道。或许他已经跟数百万人说过从这里到德斯蒙得来回要十四美元八十分了。看上去，他并不认为这是什么很有趣的工作。

“我妈妈住在德斯蒙得。”我告诉他。

“那里不错。”他说。我说：“是的，的确如此。”虽然我并没有到过那里。那块隔着我跟售票员的玻璃上有点斑点。虽然不是特别脏，但我仍然有种冲动想要把它擦干净。没有什么比一块脏玻璃更让人心情不好的。

“你要一张票吗？”他说。

“不用，谢谢。”我说。我口袋里面只有大约五美元。

我问他是不是每天都有车去德斯蒙得。

“是的，每天都有，小姑娘。”他说。老人偶尔会这么称呼你。莫尔每次心情好的时候，就会时不时地这么叫我。喜欢吃炸薯条的老莫尔。

我心里惦记着下次去拜访他。忽然，我很想念他，这种感觉你可能不会相信。

由于后面没有排队买票的人了，所以我站在那里。我特别想告诉那个售票员，我是谁。我想告诉他我去德斯蒙得的真相。因为我姐姐之前要去那里，我想告诉他。

“噢，是的，红头发的人。”我能听到他嘴里冒出来的这几个单词。他看上去是那种记忆力很好的人。

我是否告诉过你海琳去德斯蒙得的车票是单程的，就是警察在她口袋里发现的那张？她早就想好不再回来的，不管发生什么事情。或许她并不是百分之百确定自己要这么做。所以，选择跳下去。我不喜欢用这个词。也有可能她是计划上车，然后开始自己全新的生活。但这种想法不会让你有半点进展。因为事实在于，对死人而言，未来是毫无希望的。

除非你想知道人们死后，他们大脑里面最后的想法就是他们去哪儿。所以，如果海琳想的是德斯蒙得的新生活，那么或许她现在就在享受那里的生活。她可能不知道自己死了。我有一次在电视上看到这样一段镜头：男子死了，但他依然每天去上班，晚上回到家里，跟妻子在一起。对于去世丈夫的灵魂每天晚上坐在餐桌旁等待着吃晚饭，这位妻子并不害怕。但是男人像蛤一样很高兴。直到肉体回归到他身上，告诉他他已经死了，他才非常惊讶。很显然，梦醒真的很残忍。我想说的是，如果海琳不知道她已经死了，我希望任何人都不要告诉她。

跟售票员说完再见后，我买了两包薯条，坐在候车室。虽然我不是在等火车，但我很享受坐在这里的感觉。外面急速的火车时不时地突袭过来，巨大的风推动了通往站台的玻璃门。使得门在没人触碰的情况下打开了一点。房间的气压变高了，同时产生一种吮吸的噪声，仿佛哮喘病发作。这个声音令人很不舒服，并且很多人都这么认为。每一次出现这种情况，候车室的人便抬头往上看，然后整理自己的外套或把手提箱往自己的脚边拉。

透过玻璃门，我能看到等候在站台的人们。我没有看到一个身穿蓝色外套的红发女孩。我并不是说我想看到。我只是说我没看到。开往德斯蒙得的列车通常会停在第二站台。不过要到达那里，必须先到地下，过地下通道。爸爸和妈妈过去经常乘这趟列车去上班，现在改成自己开车了。如今，火车哪怕只是出现在电视上，妈妈也会离开房间。

我成功让自己进入地下隧道。我的呼吸很奇怪，不过我懒得做运动。我只是像一条吃力的狗一样“嘿嘿”地下楼。通道散发出一股尿味和漂白粉的味道，头顶总传来噼噼啪啪的声音。我能听到一辆列车从头上呼啸而过的声音。然后下一辆，静静地，由远到近，停下来。我准备穿过整个隧道，然后从另外一端走出去。但是突然，一名男子从隧道的另外一端下来。他可能刚刚下火车。我只能看到他的外套和帽子。无法看到灯光下他的脸。我甚至也不能辨识他是年轻人还是老人。我没有等他靠近去判断。在他还没走近我之前，我立刻转身，沿原路返回。

走回家的过程中，我依旧能感觉到他在跟踪我。风吹着我的脸，道路旁乱舞的树，令我感觉自己是在游泳，而不是走路。我试图游快一点，但做不到。我筋疲力尽了。当我离自己家门口越来越近时，往后看了看，那个男人消失了。或者他藏在一棵树后面。

我悠闲地走完接下来的路，走到草坪上，偷看别人家的窗户。这是一种遗忘一些事情很好的方式。发生在别人家里的事情对于我而言是一个很大的疑问。我知道任何事情都有可能发生，从性犯罪到圣诞颂歌，但有证据偶尔还是感觉很不错的。

我经过安娜家的房子，这是一栋白色建筑，顶上有一个假炮塔。实际上，这更像一座城堡。门外很多灌木。或许你会提到修指甲。下雪的时候，这里看起来真的美极了。的确是这样。有时候去安娜家，她父母也在，我会努力“隐形”几秒钟的时间，这样我就能观察他们，看看别人的家庭都是什么样的。如果去浴室，我会站在里面，听他们的对话。很显然，麦克道格尔夫妇很爱他们的女儿安娜。他们对她简直是溺爱。在他们看来，安娜就是他们的骄傲和快乐。有时候，麦克道格尔先生还会把她抱起来旋转，然后放在另外一个地方，似乎要跟她下棋。我猜这是他们一起玩的游戏，或许是在她小时候经常玩的游戏。尽管安娜现在已经长大了，她仍然不介意这样被抱起来。有时甚至还会大笑起来。

看着安娜家的房子，我无法想象其着火或者破碎的样子。

我无法想象他们三个人在碎片中寻找旧照片或者银色汤勺的场景。不管我怎么努力想将他们的房子打破，它们总是紧紧地黏在一起。我想，这栋房子能够听到我的思想，因为每当我站在那里，看着这个完美的白色房屋，它其实正像北极熊一样，对我咆哮。

30

路克靠在后门上，仿佛是世界上最悲伤的动物。它睁开眼睛，看着我，如同一个圣人画像。我心想，它偶尔会不会幻想一个完全不一样的人生。一个它本应该有的生活。在农场上奔跑，在鸡后面追赶。树林里或居住在悬崖边上，靠近月亮（所有的狗与它都有一种特殊的关系）的野狗。月亮就像恐怖电影中的主角，从人类的角度看，它只会引发恐慌。但对狗来说，这是一则爱情故事。我在想，这些年一直被锁在房子里，和人类以及无止境的饼干为伴究竟是一种什么感受。

路克很幸运，因为我会提醒它是一头狮子。仍然记得，在不久前，我和爸爸带它溜达回来，妈妈从家里走出来迎接我们。她穿着那件印有樱桃的围裙，双手是湿的，然后在围裙上擦干。她看上去跟平常一样漂亮。

看起来，她可以成为任何人的妈妈，包括我。每当我看到她的时候，我心跳都会加快，我会很兴奋。我放松拴在路克脖子上的皮带，然后跑到草坪上，拍手。路克会朝我跳过来，把我击倒在地。救命啊，我尖叫道，仿佛我是被一头狮子攻击了一样。然而，没有人笑。本来这一直都是我跟路克玩耍时它的正常反应，狮子在丛林攻击玛蒂尔德。这是很久以前的习惯，不过在我看来还是很有趣。路克对我流口水。救命！我大叫道。救救我！可能是我演得太过分了，妈妈直接回到房间里，爸爸跟在后面。只有我跟路克还在继续表演。当时 H.S.S.H 已经过了几个星期了，我估计没有人有那份心情。或许我应该直接走向她，抓起她的手，而不是像白痴一样假装。

“不要死。”当我看到路克在后门，我对它说。“好吗？路克？”我几乎在恳求它。我蹲在它躺着的地方，轻轻地抚摸它，虽然它身上不太好闻。我在想，狗在野生环境下以什么为生呢。可能是兔子。而生活在悬崖边的狗可能以吃鸟类的蛋为生，如果它们能找到的话。在法国，它们吃蘑菇。路克的毛是黑色，可能我从来没有告诉过你，但在有的灯光下，它有可能会呈银色。

当我轻轻抚摸它的时候，大姨妈来了。起初，我只是感觉到胃部不舒服，它总是来得这么令人措手不及。这是我第五次来例假。起初我并不确定这是什么，然后想起来是血。不过双腿中间流血还是让我震惊。这意味着我们具有生育能力了，安娜和我。你会感觉自己不希望那里有水滴，即便有人说只有精子能够让它不正常。生育真的是一个很尴尬的词。

甚至有点损人人格，就像工厂一样。在我小时候，我经常问妈妈能不能再多生几个小孩，她说，两个已经够了。甚至有点太多了，她说过几次。或许背着海琳去上班并不是件容易的事，但这也是为什么她们能够如此亲密的原因。我轻轻地亲了下路克，便走进浴室处理自己的事情了，按照妈妈教我的方法。这的确不是什么大事，但也不能当什么事都没发生。

弄完之后，我想去检查下门和窗户，确保都锁上了。一个人在家，流着血，而且可能有个男人在跟踪我，想想都觉得很危险。我给爸爸学校的办公室打电话，但是他不在。然后我给妈妈打电话，多么希望能听到她的声音，但只有录音。我含含糊糊地留了一条信息。算不上是道歉。只是听起来像一个智力发育缓慢的人，过去我是这样的。真的很有趣。

我给路克喝了新鲜的水，然后便上楼了。路易斯在等我。他的回信内容很多，我能感觉到自己的血流得很快。猜他住哪儿？德斯蒙得。他把他家的地址告诉了我。拉尔森法庭二十八号。

“你怎么会忘记呢？”他说。他还说了自己有多么多么的爱我。他会好好照顾我。“我保证，”他说，“我会把一切都安顿好。”

他怎么会真的不知道她死了呢？这似乎是一个游戏，但我不知道谁在设定规则，我还是路易斯。到底是谁在捉弄谁？我的大脑纠结了一下。感到可怕的同时又觉得很好。不过我没有忘记自己是谁。我知道我是玛蒂尔德。不是海琳。真的不是。只是有一点点模糊。

仿佛我是一名演员，但同时又是一个真实的人。整件事情越来越像悬疑小说了。我想跟妈妈谈论这个问题，她很擅长策划。

她过去经常向我们解释简·奥斯汀的厉害之处，非常详尽。她是一个很擅长帮助你理解一件事到另一件事的原委，所有复杂的心理学家。通常，这会让我感到很神奇，她怎么可以同时了解这么多人的想法。她能从一个人跳到另一个人，中间会有一个是主角。在看一本这样的书籍时，你真的会有一种观看者的心力。有趣的是，他们如何爱每一个人，即便是恐怖分子或者傻子。你很难理解他们是怎么做到的。这几乎就是一种魔术。我和海琳小时候就把所有有名的书籍都看完了。可以说，我们是被逼的，不过也谈不上痛苦。爸爸和妈妈有一个很不错的图书馆。的确如此。据说，妈妈年轻的时候写过很多故事。我跟你说过吗？在她跟爸爸结婚之前，她把这些故事都发表在杂志上，然后一小段时间内，他们成了新婚夫妻。我曾经要求看这些故事，但她说她没有备份。她说这些已经不算什么了。只是年轻时代的作品，她说。也就是小时候的创作。除非你是一个天才，否则最终这些都只会被丢进垃圾篓里面。

我会去，我跟他说。我会去你家。我只是假装这是一个故事。明天，我写道，然后署上名字，爱你的H。我忍不住这么做。

除了路易斯之外，没有别人的回信了。妈妈还没有回复我发送给她的邮件。也就是海琳发给她的那封。我昨天才发给她的，她应该还没看。或许她现在还在开车。她有一个姐姐住在离这儿不远的地方，不过我想爸爸肯定已经给她打过电话了。

虽然我们家人与人之间的关系不是特别亲密，但如果遇到问题，一般都会找自己的姐姐。很久以前，大姨不知道从哪儿给我们带了几顶帽子，我想应该是秘鲁。帽子是条纹状的，上面有很多种不同的颜色，大约有一英里那么长。海琳说，这是精灵帽。在尾部还有一些白球。任何时候我们戴上这些帽子，都会像艾尔文和花栗鼠一样用吱吱的声音说话。我不知道为什么没有人给戴着这些帽子的我们拍一张照。其实真的很漂亮。拍出来的照片一定是非常亮丽的。我想，安娜和卡罗尔·本顿现在可能坐在学校的某个地方，聊着天。取笑我流血的鼻子，我肯定这件事到现在已经成了一条重大新闻了。

我下楼，给自己冲了一杯牛奶。打开电视，大部分是一些女士抱怨生活的无聊节目。什么我的丈夫干了什么，我的儿子怎么样了，等等。如果你那么讨厌你的家庭，为什么不从桥上跳下去，我真的很想冲她们大喊。但我不想浪费自己的力气。我胡乱按着遥控器，直到看到一些关于战争和恐怖事件的新闻。又一个人被逮捕了。他涉及参与了某个惨案。我不知道到底是第一栋被炸的建筑还是第二栋，又或者是跟有毒信件或歌剧院还是地铁有关。我脑海一片混乱。电视上说，他会被处死刑。爸爸妈妈通常都不会让我看这样的新闻。特别是H.S.S.H那天之后。爸爸对我看电视的习惯抓狂了。难道他真的认为是电视的问题吗？相对我自己看到的画面，电视上的算得了什么呢。的确，他们的行为有时候更加恐怖。

但我知道，我能够处理好。我成长在一个充满恐怖分子的年代。你必须习惯这一切。他们经常在学校里面说，让他们知道，或者让父母知道，如果你睡不好、害怕或者做噩梦的话。当然，我存在这些问题，但这只是个人原因。不是因为什么无聊的战争。不管发生什么事，我都不会去学校的医务室。梅尔夫人是一名意大利人，她总是反应过度。即便你割破一点皮，她也会说是截肢。

尽管上一次恐怖事件后果很严重，但过去还有比这更糟糕的事情发生。我脑海里仍然还有一点点小时候的记忆。比如，飞机。在我的生活中，有太多的战争，我已经数不胜数了。大多数都是相同的战争，只是版本不一样。这些战争很多都发生在沙漠。蓄着胡须的人和他的家庭，在一间小水泥房子里面，男人跪在楼前，女人用拳头击打自己的头。不过大的问题在于疯狂的小孩拿着枪挤入他们的婴儿床。爸爸和妈妈过去在对抗这些事情方面，是很伟大的十字军。过去他们参加游行、抗议。但他们现在不再关注这个世界。自从海琳去世以后，他们便放弃了。

有段时间，他们是真的和平分子。我姐姐也是。我猜你肯定要说海琳有一个很强大的内心。她关注很多事情，不仅仅是和平，包括动物、非洲人民和原始森林。她在房间里面给自己画上彩色的记号，然后参加游行。尽管爸爸说过，这样不太好，因为恐怖分子已经开始把人列入名单中。我爸爸学校里面有个老师，就是因为他的广播节目，遭到逮捕。但我姐姐是个有主见的人。她非常非常喜爱彼得罗妮拉·皮卡克这个歌手。

我个人不喜欢她，她的声音像在发牢骚。战争的缘故，她现在已经用绝食抗议。我能想到海琳做同样的事情，她把自己关在房间里，流着眼泪，饿自己。有时很难判断她到底是脆弱还是坚强。这让我很疑惑。

不管怎样，我都还是喜欢过去的日子。在所有无聊的政治变化之前，海琳还没有那么严肃。因为一开始，我们都很小，到处都能听到我们的笑声。我们会翘起自己的屁股，摆出斗鸡眼的样子到处闲逛。我过去还经常做鬼脸。我做的鬼脸能够吓死海琳。她会捂住肚子大笑，好像随时要爆发一样。能够逗人笑，真的感觉很不错，就像一个魔术师。但现在，当我试图逗别人笑时，已经感觉不到任何灵感了。这些日子，当我尝试小时候的恶作剧，翘起屁股，翻斗鸡眼时，甚至有点想哭了。

31

“摸摸我的额头，”我说，“爸爸，摸一下我的额头。”我把他的手抓到我的额头上。“我想我可能发烧了。”我告诉他。

他勉强走进我的房间，我需要他。

“你怎么会在家？”他说，“还不到2点钟。”

“护士送我回来的。”

“不要撒谎。”他说。

“我没有，”我让他坐下。我问他是否需要喝点什么。只要我努力，就能成为最完美的主妇。我很高兴，他在这儿。

“你从哪弄来的外套？”他问我。

我低头看了看，发现原来我还穿着那件豚鼠外套，帽子也没摘掉。“难怪我感觉这么热。”我说。我试图开下玩笑，但并不成功。我没有完全控制自己的脸。

我把外套脱了，爸爸也脱了。我们都坐在沙发上。好像这是我们第一次约会。只是没有很多眼神交流。

“我已经跟她谈过了。”他说。

“谁？”我问。

“你说呢？”

我问他她是不是在她姐姐那儿，爸爸竟然用疑惑的眼神看着我。

“和玛丽姨妈在一起？”我说。

“不，”爸爸说，“你究竟在说什么？”

“就是那个送我们帽子的人。”我说。

“玛丽已经死了，”他说，“你知道的。”

“我不知道她死了。”我说。

“五六年前死的。”爸爸说。

“没人告诉我。”我感觉到脖子一股热气。我知道玛丽姨妈不是问题的重点，但真的应该有人告诉我的。

“你可能不太认识她。”爸爸说，似乎在安慰我，“你为什么这么不安？”

“我去参加了葬礼吗？”我问道。

“我忘了，”他说，“那时你还是个婴儿，玛蒂尔德。”

“五六年前我不是婴儿了。”我说，同时用手指在他脸上计算。

“行了，”爸爸说，“好吧。”

“那她在哪儿？”

“不要大喊。”他说，尽管我没有大喊。我只是想表达清楚。爸爸摸了摸自己的额头，好像他才是发烧的那个。他的脸色变了。

“她住在一家旅馆。”他说。

“哪儿的旅馆？”

“这儿的北边。”他说。

“在山里吗？”

“我对那个镇不熟悉。”他说。

“德斯蒙得？”我说。

“不是，”他说，“天啊，玛蒂尔德。”他沮丧地转过身，背对着我。那一刻，他的脸像一个杀人犯的脸。我想，暴力无处不在吧，隐藏在一切事物的下面。即便是父亲。

“你太像她了。”他说，摇摇头。我不知道这个动作是表示赞美还是侮辱。我连他口中的“她”是谁都不知道。

“我跟你一起去，”我说，“爸爸，我跟你一起去。”

“我们去哪儿？”他问。

“去旅馆。”我说。

爸爸看着我，擦掉我脸上的泪水。他情不自禁。

“会好起来的。”他说。

“别骗我了，”我说，“万一她再也不回来呢？”

“她不再让你碰她一下。”我说。

仿佛我朝他的心脏射了一支箭。他吞下了痛苦的情绪，但我依然能看到。我只是想把箭拔出来，然后说点什么推翻我刚刚说过的话。可惜，当你越想拔出那支箭，事情反而越糟糕。表示你已经彻底杀死了那个人。我看过数百万的犯罪分子发生过此类事件。

“你妈妈有自己的情绪。”他平静地说道，“你们都有。”他通过鼻孔呼气，似乎刚刚听到世界上最悲伤的笑话。可怜的爸爸。我想，这些年他都是什么感受，住在一个满是女生的屋子里。他是否曾经想过要离家出走，抛弃我们几个美丽坏女人。

“你什么时候去？”我问他。

“我一会儿开车过去，跟她说。”他说。

“不要今天晚上。”我说。但他说：“就今天晚上。”

“都要下雨了。”我说。

“有什么影响呢？”爸爸说。

“不要把我一个人留在这儿。”

他说他会给弗里斯克夫人打电话，我告诉他我不要临时保姆。我跟他说他们家草坪上那些无聊的旗。

“就一晚上。”他说。人们总是这么说，然后便成了无止境。我心想他会不会也消失不见，跟妈妈一起住在山里。他把手伸出来，取下我的帽子。摸了摸我的脸，尽管我已经很久不哭了。

“你生日快到了。”他说。此刻我感觉很迷糊，但仔细想想，确实快到了。

“你想要什么？”他说。不知为何，谈到生日我有点紧张。不过爸爸盯着我看，眼睛一动不动。忽然，他的视力变弱了。我祈祷他再一次失去视力。“快点，”他说，“告诉我你想要什么？”

“我不知道，”我说，“什么也不想要。”

其实我想说要一个防毒面具。因为凯文跟我说过，他下一次过生日就想要一个防毒面具。

“我什么也不需要。”我说。

接下来是一阵沉默。爸爸看着地板，笑了笑。如同宇航员看着自己曾经居住的蓝色地球发出的笑。但还是有点伤感，因为他不知道自己会不会再回来。

“害羞宝宝怎么样？”他问我。

“不要，”我说，“我不要玩具娃娃了。那已经是几百万年前的事了。”

“再说了，这些我都有。”我告诉他。

“你从来没有买到过日本版本的。”他说，“她叫什么名字？”

我简直不敢相信，他竟然还记得。因为我确实没有得到过日本的那个玩具，因为太畅销了。害羞宝宝已经是几年前的收藏物品了。当时，大家对它都很疯狂。

“我已经不喜欢这些娃娃了。”我说。

但爸爸还在等我告诉他。

“或许可以买一些鱼，”我说，“一个鱼缸。”

“你们两个从未养过鱼。”他说。他是指我跟海琳。确实。我们什么都有，就是没养过鱼。多年来，我们得到了无数生物。说到宠物，我们可谓是受到了相当的溺爱。我们养过兔子、鸟儿、青蛙、海龟和仓鼠。我们还养过蝾螈。甚至还有一个威尼斯捕蝇器。噢，对了，还有路克——唯一一只留下来的狗。

“京卡。”我说。

“那是什么？”爸爸问我。

“就是它的名字，”我说，“那个日本玩具。”

“不过还是更喜欢鱼。”我说。

“年纪大了，不适合玩玩具了，”爸爸说，“是吗？”

我耸耸肩，表示赞同。

爸爸突然拿起我的帽子，重新戴在我头上。

“你讨厌我的发型吗？”我说。

“什么发型？”他说。然后我们都微笑了。真的笑了。

32

很多马在地上奔跑着。灰尘到处飞，这里没有人。很有可能是一个沙漠。马正跑向地平线，但其实那是悬崖。一匹马穿过去，其他的都跟着跳过去。那一刻，它们都向空中奔跑着。让人以为它们能够飞翔。接着，它们掉下来了。它们骤然跌落了下来。至少有一百匹马，甚至上千匹。

我不知道自己在哪儿看到过这部电影还是没有看过。我醒来，以为这是一个梦，但我一般都不会梦到这种画面。而且，我觉得这不是一部电影，因为谁会为了拍一部电影，让马做这些动作呢？我想这不是什么特技，而是真实的。或许这是我有史以来看过最恐怖的场景。如果我确实看过，那就对了。我认为我看过，只是不知道在哪看的。

当爸爸的车开走时，我站在屋外的台阶上。爸爸把手从方向盘上举起来，朝我挥了挥。

我本应该大叫的，但我忍住了。妈妈是爸爸的妻子，这比为人母蕴涵着更深刻的意义。妈妈只是一个开始，但妻子将相伴终老。无论怎样，你最终都会跟母亲分道扬镳，但妻子就不一样。尤其她是你生命中的至爱，你承诺过会陪伴她到永远，我想他一定承诺过。如果我能够拥有一种神奇的力量，那就是进入人的大脑，哪怕只有一秒钟，这样我就知道对他人来说，什么是最重要的，他们爱的人是谁，讨厌的人又是谁。当你知道真正了解一个人的内心之后，就会用不同的方式对待他们。

上一次看到妈妈，她也是在朝我挥手。就在我们去地下室之前的早上，我和安娜坐在后院草坪的黄色椅子上。我发现妈妈在屋内看着我们。她在楼上，窗户后面。这种感觉相当恐怖。她看上去像是一个被锁在监狱里的智障患者。她面无表情，只是举起手，我甚至都懒得给她回应。我不想安娜看到她。

我其实希望她离开，但我没有这么做。又开始纠结了，这已经渐渐成为一个大问题。事情和它们的对立面到底是怎样共存的？比如，爱与恨。有的时候它们会彼此缠在一起，似乎在做爱。真的令人厌倦。其实，我为妈妈感到羞耻。这种感觉如此强烈以至于我都不想在公共场合跟她在一起。任何时候带安娜来我家，我都会心惊胆战。我总是想象着妈妈穿着那件中国风的长袍（之前我没有说过旗袍太短）走到客厅。万一她喝醉了或者做出一些僵尸般的事情怎么办？我担心她会像触摸我的头一样摸安娜的头。然后用奇怪的眼神看着她。或者说一些大家都不想听到的话。比如有一次，安娜在家里，妈妈对着她微笑，跟她说她有多么的漂亮。“多精致的脸蛋，”妈妈说，“真漂亮！”她怎么能在我面前说这种话呢？而且只跟一个人说，不跟我说？仿佛她又在跟一个神秘人说话。而且妈妈们也玩游戏。不要以为她们不玩。

我有时候觉得她应该被关起来，不仅仅是跟那棵“树”关在一个房间，还有皮带和锁链，以及捂住她嘴巴的东西。你不会希望自己的妈妈穿着一件性感的旗袍在房间里走来走去，或者触碰你朋友的头，面无表情地在窗户后面盯着你看。这是不正常的。

然而，过去你会非常自豪地把她称为你的人，尤其是当她开着那辆旧的蓝色小车去学校接你的时候。如果天气比较好，她会把车顶打开，接完海琳后，我们三个人便一起头发飞舞像美人鱼似的开车回家。有时候想到这些事情，我非常爱她，甚至想把自己头上所有的头发拔下来证明我的爱。但要长大，唯一的方法就是不回忆往事。你必须坚定自己的方向。而我的目标就是说再见，摆脱过去。

“过来坐下，”弗里斯克夫人说，“你闪闪的眼睛在看什么呢？”

我转过身，看到弗里斯克夫人正拿着一本书坐在大椅子上。这是爸爸的椅子。路克躺在她的脚边。她看上去很友善，但其实她是一名退休的老师，所以我总会有点怀疑。这个镇上有很多老师。教堂旁边就是学校，这是那里的主要景点。

这附近的每一个小镇上都有一个很小的大学或一个寄宿学校。莱克镇上还有一所神父学校。不远处甚至专门建了一个需要的地方，类似于为聋哑人建造的农场。

“你为什么不做家庭作业？”弗里斯克夫人说。她说如果我愿意，她可以跟我一起做。她当然喜欢做作业了。家庭作业正好是她的强项。或许她在自己的内衣里面藏了一支红色钢笔。我不相信她。人们都喜欢这么做。他们生活中最大的任务就是发现你所有的错误，尤其是你的语法。他们希望每个人都像机器人一样说话。他们想谈论的话题永远只有学校。这是他们唯一的参照。比如，你在学校担任什么职位啊？这个总是最大的问题。你学什么的呀？你现在正看什么书？他们老师的思维总是这么狭隘。从某个方面看，和智障患者有点像。如果硬要我给它取名，我不会将其称为学术界，而是智障患者的世界。我真的会这么命名。这不是像古希腊时代一样，在山坡上吃水果，然后闲聊裸体之类的话题。而是待在沉闷的教室，阅读一些似乎是从海里捞出来散发着一股臭味的无聊书籍。你嗅你的课本干吗？拉萨尔夫人曾经问我。那会儿我刚刚领到一本崭新的图书，我向上帝发誓，这本书闻起来像金枪鱼三明治。我差点吐了出来。

我还记得有一次，乔伊斯·安德鲁斯老人临时照顾我和海琳时，告诉我们她准备去舟际旅行了。对此，我感到非常惊讶，一个八十多岁退休的教授竟然要去冒这样的险，然而，她却解释“舟”是一所学校。你相信吗？要上课，一个星期七天。那你在那艘“船”上吃什么？海琳问她。书吗？不，乔伊斯老人回答，他们有食物。

她真的不懂幽默。我和海琳差点笑到尿裤子，乔伊斯老人像看精神病一样看着我们。不过我们喜欢安德鲁斯夫人，不要误解我。她经常说，叫我乔伊斯，我们答应了。她其实非常现代化。对于一个老人，她仍然有着一副精致的面庞，不像其他人一样满脸皱纹。你只是希望她能登上一艘船去法国或者巴哈马群岛之类的地方，在死之前，享受晚年。

有时，我只是希望一个人能学点什么，一些实际点的东西。能够帮助你与别人交流。在我看来，从书本上学习的大部分都是垃圾，一点用都没有。简·奥斯汀教会你一些事情，但小说是完全不同的故事。并且，小说并不是学校不断灌输给你的思想。在学校，更多的是知识。数学、日期以及船的名字。谁会关注埃里·惠特尼是轧棉机的发明者呢？你不会学到任何教你理解自己秘密想法的东西。写下来，一名老师说。这是个不错的提议。我想应该是 Massitelli 小姐，几年前。她说，把你的想法写下来，编成一个故事。虽然这个作业布置得不错，但是我感到很紧张。现在，过去，我大脑来回不停地反复思考，到底是过去还是现在？我不知道用哪种语态。我的大脑正进行一场斗争。现在和过去的一场斗争。当你的姐姐死了，你紧张的神经更是一团糟了。更何况你的确不能以写下自己的秘密想法为生。妈妈都做不到。

“我来制作一些热巧克力。”弗里斯克夫人说道。

“我们没有蜀葵糖剂。”我说。

“没有关系。”她说。

路克跟着她进了厨房。她不是一个坏人。

她其实自己带来了一盘点心，虽然我觉得不是她自己做的，但是个不错的表示。路克似乎很喜欢她，好现象。狗狗通常能够从骗子中分辨出好人。我弯腰摸了摸它。“它生病了，”我说，“不过现在好多了。”

“你以前也养过一条狗。”我说。

“是的。”弗里斯克夫人说。不过很明显，她不太想谈论这个话题。我猜这可能是一个敏感话题吧。

“鲁斯提。”我说。我提醒她那条狗的名字。每当它看到我走进房间，都会非常兴奋地在窗前流着口水看着。

“它是一条不错的狗。”她说，终止了这个话题。其实你能够感觉到她说完最后一句话时的情绪。没有丈夫，只有老太婆和狗，想到这里我不禁感到很沉重。弗里斯克夫人是一个寡妇。

当涉及死亡，寡妇们往往就像皇后一样。她们了无牵挂。我看着她做热巧克力。她没有用已经调配好的材料，而是用比较老的方式，添加可可粉、糖、牛奶和盐。为了照看婴儿，她化了浓浓的妆。简直就像堆上去的。她看上去准备干什么，但我不知道是什么。可能是歌剧吧。我突然想在厨房里面飙高音。不知为何，我心跳又开始加速了。

“你还记得我的父母吗？”我问，“他们年轻的时候。”

“当然，”她说，“记得。”

“在你们还没出世之前。”她说。然后我看到她的脸抽动着。她知道她说错话了。我能感觉到电流从她体内射出，然后击中了我。顿时，我似乎变成了一个拥有所有能量的人。

“你家的草坪上插了很多面旗。”我说。她笑了笑，把热巧克力倒入两个白色的大杯子中。

“我们坐在桌子旁边说吧？”她提议，“小心点，别洒出来了。”她冲我微笑了一下，我想她的牙齿应该是假的。实际上她看上去很危险。

“看着这么多面旗，”我说，“你一定是希望杀了那些恐怖分子。”

“嗯，我没这么想。”她说。

“你大概有多少面旗？”我问道，“至少有五面吧，是吗？”

“你爸爸希望你早点睡觉。”她说。

“在学校，”我告诉她，“我们会登录 BetsyRoss.com 网站，对于展示旗的方式，规定不能一天二十四小时都把旗摆出来。据 BetsyRoss.com 网站介绍，”我说，“这是违法的。”

“我不知道这些。”她说，笑了笑。

“如果你在黑暗中展示这些旗，”我解释道，“就必须用灯好好装饰，让它发光。”

她点了点头，脸上仍然挂着那副笑容。

我还告诉她人们经常在 7 月 4 日使用的旗帜餐巾纸从技术上来讲也是违法的。因为你用旗擦掉嘴巴上的食物，然后再将其丢到垃圾篓里。

“我不用旗帜餐巾纸。”她说。

“嗯，我只是阐述一个事实。这被认为是亵渎神圣的行为。”

我的心跳甚至已经达到一分钟一英里的速度了。

“喝巧克力吧，”她说，“趁热喝。”

我抿了一口，然后起身。有时候我真的坐不住。

“你要去哪儿？”她问我。我跟她说：“我忘了，我去找我的朋友安娜。”

“不行，”她说，“你爸爸交代过，你不能离开这里。”

“我必须去看我的男朋友，”我说，“他在等我呢。”我试图在她身边走来走去，能看出，她开始有点紧张了。

“请坐下，”她说，“我年纪大了，不能跟你玩这个。”

“你不能坐下吗？”她几乎在央求我。

“玛蒂尔德。”她叫道，摇了摇头。

很滑稽，有时人们叫你名字时似乎在对你念咒语。

“快坐下，我们喝完这个巧克力。”她把手放在白色杯子的杯身上。“现在还是热的，”她说，“快点。”

还没等她说完，我已经坐在桌子旁。

我决定，等她睡着了之后再偷偷溜出去。

“你这顽皮的孩子。”弗里斯克夫人说道。其实，我一点也不在乎她这么说我。更何况，她还是个寡妇，这甚至称得上是一种恭维。

33

我早早地爬上床，大概是 8 点，我肯定是睡着了。原本不是这么计划的，但猛然醒来，已经快到早上了。太阳已经出来了，风停了。我竟然睡了整整一夜，有点不可思议，我甚至怀疑弗里斯克夫人昨天晚上会不会在热巧克力里面放了什么东西。

我有一种强烈的感觉，爸爸妈妈回来了。他们正穿着浴衣看动画片。我脑海里就是这样一幅场景。他们双脚放在茶几上，中间是克罗诺家给的山核桃。不过我知道，其实他们两个应该是交叉着双臂在厨房等我。我径直走向走廊，甚至能闻到妈妈身上散发的味道了。我打量着镜子里的自己，看了看全身。毫无疑问，肯定发生什么事了。我看上去消瘦了不少。我不是说更性感了。当然，这是由他人说了算的。我意识到，妈妈还没见过我的新发型。

当我无精打采走进厨房，只见弗里斯克夫人一边做早饭，一边嘴里“啦滴答”地哼着曲。她正穿着我妈妈绣着樱桃的围裙。

“你饿了吗？”弗里斯克夫人说道，“我在煎鸡蛋。”

“他们还没有回吗？”我说，“我爸爸打来过电话吗？”

“有，”她说，“别担心，他们没事。”

我问她什么时候，什么时候打的，她说就刚才。大约五分钟前。

“你为什么不叫我？”我说。

“我以为你在睡觉。”这是她找的借口。

“一切都很好。”她说，似乎这由她说了算。

“他们的朋友现在好多了。”她说。

“什么朋友？”我说，突然想起了那个谎言。爸爸跟弗里斯克夫人说妈妈去看望一个生病的朋友，所以他也跟过去看看。并且，在弗里斯克夫人来之前，爸爸已经让我答应他，什么都不能跟她说。“这是我们之间的约定。”他说。通常，爸爸很少撒谎。这一次不得不令我想到事情的严重性，妈妈开车去了北边的旅馆，谁知道在哪儿呢。

“他们有说过什么时候会回来吗？”我问她。

“你想让我待多久就待多久。”她说。老师经常会干这样的事，使情况好转，用令人怀疑的答案回答你的问题。哪怕只一次，我都希望能听到老师说“我不知道”。我就是不知道他们什么时候回来。就这样。

“过来坐下。”她说。

桌子上摆满了盘子、餐巾纸和果汁杯。她要我放松一点。我有点兴奋。在自己家里让自己放松。我能闻到烤面包片的味道。

当弄好之后，更加完美了。鸡蛋滑在盘子上，平平整整。这真的是一个技术活。

“不要吃这么快。”她说。我已经把整个鸡蛋捞起来塞进嘴巴里。

“我有点饿了。”我说。“学校还有很多事要做。”我告诉她。这正好把她引入正题了。

“你们现在都忙什么？”她问我。我说是秋天的项目。我告诉她我正在制作一只鸟的骨骼，用牙签。

“听起来很难。”她说。

“是的，”我说，“的确很难。”

只要说话的语气方式正确，人们通常都很容易相信你说的话。有点神奇。大多数人想要相信你，尤其是当你还是个孩子时。他们必须相信。

“我必须去我朋友安娜家，”我告诉弗里斯克夫人，“我们正一起在做这个项目。”

“安娜·麦克道格尔。”我说，以防她误认为是别的叫做安娜的人，“她是我最好的朋友。”

弗里斯克夫人坐在我旁边，小口地吃着鸡蛋，这是我有史以来见过最小口的吃法。这对于一个有着这么大牙齿的人来说很让人惊讶。你多么希望她是在大口咀嚼。

“鸡蛋怎么样？”她问。我不得不承认真的煎得非常好。我已经不记得上一次早餐吃鸡蛋是什么时候了。这段时间以来，每天都是冷的麦片或早餐条状食品，不过我不能告诉她真相。我只是耸耸肩，似乎这没什么大不了的，好像我这个星期每天都有热腾腾的早餐吃。

“你剪头发了。”她说。

我心想，她什么时候发现的。她从来到我家，便一直盯着我的头发。“剪短了，是吧？不过我想应该是时下比较流行的风格。”她说。

“其实不是。”我说。

“我曾经把头发剪成只有小精灵那样子的。”她说。我不知道她到底在说什么。

“不过，”我告诉她，“不是我想剪成这样的。是我妈妈帮我剪的。”

“违背我的意愿。”我说。

“会长长的。”弗里斯克夫人说。不过我能看出，她对我妈妈的野蛮行为有点惊讶。

“她还扇我耳光。”我说。我几乎是脱口而出。其实也算不上是说谎。不知道你是否还记得，H.S.S.H 那天，我穿着黄色的裙子，她打我了。

“她经常打我。”我说，声音有点大，因为弗里斯克夫人看上去没有在听我说话。

“嗯，”弗里斯克夫人说，“有点……”话没说完。她转头看向门口，一个人都没有。“嗯，我肯定你总是惹事。”她说。

我还想告诉她更多，告诉她他也打我。不只是扇我耳光，而且还用棍子、皮带打我，甚至在火炉上烧我的手。我可以把衬衫撩起来，给弗里斯克夫人看看我的伤痕，只要我有。我想编造这一切，因为他们对我所做的事情我无法解释。你该如何讨论生性怪僻的人呢？怎能解释他们把你锁在箱子里，不让任何人看见你，甚至是自己的亲姐姐的事情呢？

“我知道你经历过很多。”弗里斯克夫人说，她拿起茶壶给自己倒了一些茶水。她的手有点颤抖，茶在杯子里泛起小小的波浪。

“哎呀。”她说。

哎呀，你相信吗？她所能做的就是惊叹一声？

我用我的餐巾纸擦掉溢出来的茶水。我并不是想帮忙的，只是无聊的条件反射。

“谢谢！”她说。

“她其实只是打过我一次。”我说，我只是想纠正之前说过的话。我并不希望弗里斯克夫人把妈妈误认为是权威。现在的情况，我们已经有太多问题了。

“我能喝点茶吗？”我说。

“当然可以，”她说，“你喜欢喝茶？”她倒了一些茶水到我杯子里。红色液体似乎成了我们之间的桥梁。

“所有人都会死。”我说。我很小声说道，似乎在祈祷。

“你说什么？”弗里斯克夫人问。我知道她听到了我说的话。每个人都知道有着蓝色眼睛的恐怖分子说的话。

“你必须忘掉那些事情。”她一边说，一边将另外一片涂了奶油的面包片放到我盘里，“想要果酱吗？”

我问她是否还记得我姐姐。

“当然。”她说。

“听着，”她说，“近几年内，你都不能……”这是另外一句未说完的话。忽然，她的手朝我挥过来，打到了我的手指。她的声音开始变大，似乎到了给小孩讲故事的时间。“在你小时候，”她说，“我记得你们经常跟父母出去散步，你还记得吗？”我知道她在试图通过转换话题分散我的注意力。“当时，你只想散步，”她说，“当你自己学会走路时，没有人能够阻止你。如果我和唐纳德在家门口，你一定是在向前走，你爸爸妈妈在后面跟着。小行军，唐纳德以前这么叫你。”

我想叫她停止，但说真的，我有点被迷住了。更何况，我可能也无法让她闭嘴，她真的很厉害，讲我是一个多么会走路的孩子，我轻轻的声音，我摇摇晃晃的身体，“噢！你当时真的很有决心。”她说，你完全就是一个小战士。

“我去哪儿了？”我问她，“我过去想去哪儿？”

“无关紧要，”她说，“去角落里，然后又回来。即使下雨，你也不放弃。我有自己的小雨伞等。”

听着她说这些过去的事情，我差点要睡着了。我心想，弗里斯克夫人很有可能私底下是一个催眠师。我必须努力才能不让自己流泪。

“谢谢你的早饭。”我说。

弗里斯克夫人起身，跟我走到门口。在我走之前，她亲了我额头一下。这没什么大不了的。相当于在一封信上贴一张邮票。这只是一个离别之吻。甚至连人都是错的。我想要的，是凯文的吻。或许安娜还在跑。或许我必须去德斯蒙得，得到想要的吻。只要十四美元八十分，就包含了来回的路费。

“我能借你二十美元吗？”我说，“我爸爸本来要给我的。”我跟她说今天学校有一个书籍交易，我想买几本书回来，打发感恩节的休息时间。

“没问题，”弗里斯克夫人说，“我去拿钱包。”

34

我走出家门，忍不住又跑了回来，看着自己家的房子。它的“脸”、“眼睛”和“嘴巴”。有时候我会为这个房子感到悲哀。它不得不矗立在那里，容纳我和我的家人。你是否曾想过房子的生命？我是指那些墙壁和门，不是里面住的人。我知道它们只是木头、砖块和金属，但看似它们并不是死的。好像它也有人格。我有时甚至还会想象着椅子的生命。当椅子、鞋子、刀叉和汤勺按照特定的方式摆放在抽屉里，我就会想。看到两个汤勺放在一起，我会感觉到它们就像一对完美的夫妻。

问题是，我不想像爸爸妈妈一样，在一个堆满书和灰尘，且没有爱的房屋里面终老。还有那些发出嘎吱嘎吱声的楼梯，一条总是在房间里面绕圈，寻找无形的门的狗，谁知道会把它带到哪儿去。

我想要其他东西，但是还没发现有合适的词来形容。此刻，我只是在心里碎碎念。走到街上，我想象着弗里斯克夫人死去的丈夫从他卧室窗帘后面偷偷向外看的画面。小小的行军，他看着我说。

走近安娜家，我看了看手表。时间还早，我知道她还没走。我站在距离她家还有两栋房子的位置，躲在一棵树后面。麦克道格尔家草坪上的灯光很暗，屋顶有一只鸽子。或许是一个纯洁的人。看着安娜家的房子，我感到很有趣，我知道观察者们也在看着我。不止在上面，周围到处都是。我能听到他们在想什么。她准备这么做了吗？她要去完成她的任务了吗？今天似乎是最合适的一天。我感觉自己被支配着。甚至认为今天过后，我会变得很出名。我口袋里面装着路易斯家的地址。或许安娜也会跟我一起去，我心想。我并不想自己一个人坐火车。每次想到这个，我的牙齿就会打战。

接着，看到安娜的妈妈走了出来。我迅速躲到树后面，以防她看到我。她穿着一件白色外套，手上戴着一双白色手套，可想而知她的帽子也是白色。我能想象她在圣诞游行的船上招手的画面。她打扮得这么漂亮就是为了去卖房子，这是她的工作。我怀疑她是不是只卖白色房子。如果是这样，我一点都不会感到惊讶。

只见她钻进早已停在车道上的车里面。她启动了发动机，但并没有开走。不禁让人怀疑。我能看到她在看报纸。事实上，我知道麦克道格尔夫人并不喜欢我，虽然我总是对她超级友善。不管什么时候我跟她讲话，都会表现得像一只小鸟一样。唧唧喳喳。不知为何，看到她，我会紧张。

我知道她开始讨厌我是那一次她走进房间，我跟安娜在玩Creeps（一种英国游戏）。Creeps是一种我发明的游戏。虽然我们现在已经不玩了，但是我们相遇的那个夏天天天玩。这个游戏的灵感其实是来自迈克尔。

游戏规则很简单。我们其中一个人假装成男孩，另外一个为女孩。男孩说出某种东西诱惑女孩，但她拿他一点办法都没有。有时候男孩必须坚持到底，甚至必须威胁女孩。在这方面，我比安娜强多了。当然，我是指扮演男孩。

那一次，当安娜的妈妈走进来，我正在玩Creeps。我试图引起安娜的注意，因为她正忽视我，这是游戏内容。“嘿，”我说，“来嘛，你身材真火辣。”“走开。”安娜说。“你的屁股真性感。”我说。安娜看着我，甩了甩头发，准备走开，但被我拦住了。“浑蛋，”我说，“你以为我配不上你吗？”“看着我。”我说，抓住她的手臂。“看着我！”我几乎威胁的语气，就在这时，麦克道格尔夫人走进来了。安娜挣脱我跑到沙发那里。她的脸颊通红通红。令人不得不怀疑有人把油漆喷到她脸上了。“我们只是闲着没事在玩闹。”我轻声说道。但麦克道格尔夫人的目光并没有从我身上转移。她看我的眼神真的不对。她的身体像死尸般僵硬。安娜告诉我她会举重。我想象着妈妈也练举重的画面，让我有种在地上打滚的冲动。妈妈和她的哑铃。仅仅是想象都令人兴奋不已。

哔哔！这个声音足以把死人震醒。麦克道格尔夫人手里拿着喇叭。安娜从家里跑了出来。我从树后面走了出来。

我把手举起来，尽量让自己笑得自然。她看到我，起初并没有什么。然后，她也动了动她的手。只是轻轻地。我知道由于她妈妈在车里面，所以她不能有其他表示。我慢慢朝她走去，她似乎在摇头，警示我。我就站在车后面，透过后视镜看到了麦克道格尔夫人的眼睛。

“你在这干什么？”她说。她从车里面跳出来，站在我和安娜之间。

“我想跟安娜谈谈，”我说，“就一会儿。”我努力让自己不尖叫。

“我告诉过你父亲，不希望你再来我们这儿。”她说。

“地下室的事情我很抱歉，”我说，“但是，麦克道格尔夫人，求求你了。就给我和安娜几秒钟时间？”我不得不捏自己，让自己不在她面前掉泪。

她看了看她的表。“我已经迟到了。”她说。并要安娜上车。安娜从我身边经过时，用手碰了碰我。我不知道这是不是故意的。她们关上车门，车子开走了。但不一会儿又停了。前面的车窗慢慢地摇了下来，麦克道格尔夫人的脸悬在那里，像月亮一样。“你要去学校吗？”她问我，“要不要搭顺风车？”我想她可能是不想被冠上“把一个小孩丢弃在寒冷的外面”的罪名吧。虽然她很有礼貌，但问题是，你能够看出她脸上有种紧张的神情。她再一次看了看表。“去还是不去？”她说。

还没等我反应过来。我便上了车，坐在后面。气氛很凝重。

安娜坐在前面。她看了我一下，然后转移了目光。如果她们现在把我带到警察那里去，我都会觉得很正常。开车过程中，没有人说话。安娜的一根头发飘在后座上，我不断地看着它。

很幸运，我戴着帽子，遮住了我的头发，我没有穿那件豚鼠外套。我穿的是自己的海军蓝豌豆外套和长袜。尽管装备很全，但并不觉得很漂亮。车子在外太空滑行。似乎正驶向一个葬礼。我想说点什么，但想不到任何话题。车外的一切越来越小，"玩偶赌博"，我是后座上的巨人，太恐怖了，喇叭从我的头上长出来。

等我们开到车道的尽头，便到了学校。麦克道格尔夫人减慢速度，因为有很多小孩。我知道，我看到人了，但我并不认识他们。我很高兴车窗是深色的。当他们停在路边，没人下车。安娜盯着前面。最后，麦克道格尔夫人转身对着我。她的眼神友善而坚定，但并不邪恶。

"我已经开始去教堂了。"我脱口而出。

麦克道格尔夫人冲我点点头，同时，安娜用怀疑的眼神看着我。

"我没说谎。"我说。我知道麦克道格尔夫人信耶稣。我也知道她很重视他。并且她把他的思想深深移植在了安娜的大脑中。

"你不应该编造你姐姐的谎言。"麦克道格尔夫人说。在她说这话时，安娜羞愧地低着头。我想她把所有事情都告诉了她妈妈。我希望能把凯文带到这辆车里面，因为我肯定她一定忘了提某些事情。

“我知道我必须多关心我的灵魂。”我说。我说这句话主要是为了安娜好。

“是的，你确实该这样。”麦克道格尔夫人说。

“我知道。”我说。然后，麦克道格尔夫人的表情看上去似乎需要捏自己一下，才能阻止羞愧的泪水掉下来。

“好了，”她说，“你们都不想迟到吧。”她转身对着安娜，亲了她一下。“我爱你！”她说。我爱你。听起来真滑稽。但这就是人们道别的方式。

35

“我哥哥要回来了。”这是安娜开口说的第一句话。我们站在学校门口的人行道上，双手插在口袋里，一言不发。

关我什么事？我想说。不知为何，他哥哥回来让我感觉很愤怒。

“什么时候？”我问她，“哪天回来？”

“两个星期之内。”她说。

“他还好吗？”我说，“没受什么伤吧？”

她皱起眉头看着我。眼睛就像蓝色小冰块。“我以为你会很高兴。”她说。我问她：“为什么？我为什么一定会很高兴？”

她告诉自己要冷静，不要把事情搞砸。

“你到底在看什么？”安娜说。

“没什么。”我说。其实我只是在牌照后面加了几个数字。我有时会这么做，试试我的运气。

“你为什么对我这么恼火？”安娜说。“在那里我什么也没做。”她轻声说道，我知道她是指凯文。

“你爱他吗？”我说。

“什么？”她说，“你疯了吗？”

我告诉她我看到她跟卡罗尔·本顿聊天。

“难道你想变成一个妓女吗？”

她准备离去，我抓住她的手臂，像是在玩Creeps游戏。“浑蛋，”我说，“你以为我配不上你吗？”

“玛蒂，”她说，“放开我。你到底在说什么？”她以为是我，玛蒂尔德，抓着她。她都忘了那个游戏了。

“Creeps。”我说。

她挣脱我，挺直身躯。即便她站得比我高又怎样。我仍然是这里的巨人。

“我看到你了，”我说，“我看到你在黑暗中跟他发生关系。”

“你说谎。”她的唾沫喷到我的脸上。不知为何，听到她这么说，我很开心。

“你看到什么了？”她说，“你什么也没看到。”我心想，她什么时候变得这么强悍。我想是不是凯文的手指产生的效果。把信心移植给了她。

“我对他不感兴趣。”她说，“如果你看到他，为什么不阻止他？你本应该阻止他的。你应该帮我的，玛蒂。”

她说完，我一句话也说不出口。此时，安娜的脸上流下一滴泪水。

“很抱歉。”我说。接着她又流下一滴。

安娜是我的妹妹，这一切如洪水般势不可当。很显然，我们还爱对方。

“你会跟我一起去吗？”我说。

“去哪儿？”

但我不敢告诉她。

“去莫尔店里。”我说。心想，如果我能把她带到莫尔店里，就能说服她上火车。

“摘下你的帽子。”她说。

“为什么？”我问她。

“让我看看。”她说。我怀疑这又是什么恶作剧，比如卡罗尔·本顿就在灌木丛里等着。不过我不怕。我把帽子取下。

“天哪，”安娜说，“我们真的这么做了。”

“不是你干的。”我说。

“我应该阻止他的。”她说。

“你尽力了。”我告诉她。

我摸了摸自己的头发，感觉到一点点毛。

然后跟平时一样，我们突然沉默了。

“我必须完成英语作业。”安娜说。

“我帮你，”我说，“任务是什么？”

“一篇短文，”她说，“关于那个故事的。”

“哪个故事？”

“就是那个男子在浴缸的故事。把你的帽子戴好。”她说。

“关于那个故事，我有很多想法，”我说，“我可以帮你。”

她摇摇头，直接走向学校。我跟在她后面。

“不要，”她说，“我是认真的。”她跟我保持距离。“我妈妈不允许。”

“不允许什么？”我说。我努力让自己不大喊出来。

“不要跟我走在一起。”她说。

“求你了，”她说，“我们稍后见吧。”

“等等。”我说，我跑在她后面，“拿上这个。”我把口袋中的纸递给了她，我已经把地址记下来了。

“如果我今天晚上没有给你打电话，”我说，“把这个交给我爸爸。”

“这是什么？”她说，“你要去哪儿？”

但我不想回答她，我只是走开了。我穿过街道。等我回头，我看到安娜做了件令人震惊的事情。她把写着路易斯地址的纸丢到垃圾篓中。一开始，我很愤怒，但我很快意识到她要做什么。她也记住了那个地址，她只是把证据丢掉。好样的，我心想。好聪明的女孩！

36

你了解那些化装成精灵的女孩吗？那些把图片剪掉，然后用针固定在花上面的女孩，大家都相信她们。这是不久前，我想在英国，追溯到谢尔洛克·福尔摩斯时代。有时，这些女孩将精灵放在她们自己的肩膀上，然后让人拍照。如果你现在看到她们那些照片，会觉得非常假。这有什么关系呢？在我看来，这是一个不错的尝试。但无论如何，该行为都那么的可怕，把精灵到处乱放？或许你也想相信这种事情。现在，即使女孩死了，被埋葬，墓碑上刻着字幕，人们依然相信这些假精灵。

问题在于，我看到两个小女孩独自去火车站。她们手牵着手，跑到学校里面。不禁让我想起了很多事情。她们非常可爱，穿着小孩子才穿的上面闪闪发光的衣服。我肯定，它的味道像草莓。她们正傻笑着谈论一场风暴，甚至戴着连指手套。

戴着连指手套还能手牵着手不是件容易的事，但她们做到了。看着她们，我感觉自己更像妈妈，仿佛她们突然从我的心里跳出来。我的身体如同裂开了一样，整个世界从我体内溢出。我几乎想尾随她们，看看她们会不会把我带回去，带回到一个只有两个女孩像白痴一样傻笑的地方，不被世界所关注的地方。我怀疑，这两个精灵般的女孩间的友谊会永远持续下去吗。我相信她们一定会的。我甚至相信她们会被埋葬在同一个墓穴中。

“去德斯蒙得？”那名男子微笑着问我。还是那个售票员。他还记得我，我真想亲他一下。

“返程票。”我告诉他。并付了钱。

“二十分钟，”他说，“第二站台。”

现在可能是时候问他关于海琳的事情了。

“你还需要点什么吗？”他说。

“不需要。”我说。

“那没什么事了。”

他冲我眨眼睛。

在候车室，有很多穿着黑色大衣弯腰在看报纸的男人。他们的姿势真的很可怕。由于感觉到有点沉闷，我决定跑向站台处。我冲下楼梯，径直穿过地下隧道。等我到达另外一端，我几乎喘不过气来。我感觉自己要昏倒了，所以为了镇定自己，不断练习用鼻子吸气、嘴巴呼气的动作。

我不敢相信我最终来到了这里。就是她之前站的位置。我仿佛在走进一部电影。有趣的是，我刚刚恢复呼吸，太阳便从一团云后面钻了出来。电影从彩色变成了黑白。

站台上有一些人在等火车，但我没心情注意他们。我看到一个公用电话，于是决定给妈妈打一个。之前我也有手机，但自从我告诉她我每天都在等海琳的电话时，她便把我的手机没收了。最初的几个月，我每天睡觉的时候都把手机紧握在手里，因为我担心在我睡着之后，她会给我打电话。死人经常在晚上活动。他们不像我们活着的人有睡觉时间。

我心想，或许妈妈不在，因为她无法忍受我也消失的事实。我想给她留一条真心话留言，真心的道歉。然后告诉她，我希望她能够阻止我去德斯蒙得。其实我并没有非常渴望登上火车，去往 blueforest.com 上面的山林中。我深呼吸了一下，这样我不会像一个大脑发育迟缓的人咕哝着说话。当妈妈的电话响了，我差点挂掉，但最终我还是决定等语音信箱的出现。

“你好。”她说。这个声音令我措手不及，因为等来的不是语音信箱，而是她的真实声音。那一刻，我不知道该说什么。我的牙齿又开始打战。

“你在家吗？”我问她。

“玛蒂尔德？”她说。她的话给人的感觉是她似乎一直在等我的电话。

“你在哪儿？”我问她。

“听着，”她说，“不要再大呼小叫的。”

“爸爸跟你在一起吗？”

“你能停止大喊吗？”她说，“亲爱的，你能听我的话吗？”

还没等我回答，最糟糕的事情出现了。一辆火车汽笛声响了，急速的轰鸣声响彻在整个火车站。我知道妈妈能听到这个声音。她发出可怕的叫声，似乎刚刚从屏住呼吸的水下上来。我不知道要怎么做，于是我挂掉了电话。我闭上眼睛，直到火车经过。

“你没事吧？”一个身着绿色套装的妇女对我说，她携带着一个公文包。

“我没事。”我说，尽管我几乎无法呼吸。我走向轨道。因为我看到另外一辆火车正拐弯过来。我的火车。很准时。此时，仅仅是我的牙齿在颤抖了。

在事故发生的那天早上，海琳在她房里哭泣，我闯进去，要她闭嘴。我厌倦了她把所有人的注意力都吸引过去。她试图抓起我的手，但我甩开了。当她说，她想死的时候，我当着她的面说道：“那你为什么不去？”我说，“你为什么不直接去死。”

我想过跑回地下隧道，但已经太晚了。我闭上眼睛。心想，或许我也已经死了。或许死的那个人是我。或许是我把事情搞砸了，我正在我的棺材里面跟你说话。我向前走了两步，正好对着火车，但我毫无知觉。没有人把手放在我身上。没有人往回拉我，也没人推我。我完全是自愿的。就在站台边缘。我能感觉到火车驶过来的风吹打在我脸上。很温暖，像一个人。

等我睁开眼睛，我正站在火车的一个门口。它像宇宙飞船一样飞快地打开。但没有人走出来。“很抱歉。”我说。

“你在等什么？”有人在我后面厉声叫道，“进去啊！”

第四章
留下的所有故事都会消失

她心里留下的所有故事都会消失。
不过我想所有人最终结局都是一样。
为什么我要关心海琳的故事?

如果那天死的人是我,
她会花那个时间去写我的故事吗?

37

“你有笔吗？”我对那名男子说。

实际上他还很年轻，但由于他手里抱着一个婴儿，这显得他年纪大一些。婴儿身上包裹了二十多层绒毛，她正嚼着男子的袖子。

他看着我，好像听不懂英语。“什么？”他说。

“我需要用一支笔，”我说，“你有吗？”

我告诉他一般我有很多笔的，但早上忘了放在包里。

“我没有。”他说。然后转身看着车窗外面经过的风景。驾驶火车真的是一件紧急的工作。火车必须以大约每小时两百英里的速度前行。

我不知道自己为何先问那名男子。他剪的平头，鼻子很大。他看上去根本就不像是有钢笔的人，而是粗暴的人。通过他的穿着、他说话的态度以及样貌，能判定他是个穷人。

“她可能饿了。”我说。

"什么？"男子说。这简直是他最爱用的词。

"我有饼干。"我告诉他。

"我要饼干做什么？"他的语气像是一个小男孩。

"喂这个宝宝，"我说，"她好像饿了。"

"她不饿。"他说。他需要为婴儿找一个妈妈，一名真正的营养师。我猜他觉得宝宝嚼他的袖子是在锻炼。

"我还有一些巧克力。"我说，我从口袋掏出吃了一半的"Star Bar"（一种巧克力的牌子）。

"你不能给婴儿喂巧克力。"他说。

"我以前不知道，"我说，"会像狗一样吗？"

"什么像狗一样？"他问。

"喂巧克力，"我说，"会害死它们。"

"它们忍受不了巧克力的味道，"我解释道，"即使它们吃了不死，也会病得很严重。"

"嗯嗯。"他说。

开始正式交谈之后，我问他这个是不是他的孩子。他点了点头。我说宝宝真漂亮。虽然她不像有些婴儿美得令人无法呼吸，但她的确还不错。她有一张漂亮随和的脸。很难相信这名婴儿是那个男子的孩子。那一刻，我几乎以为这是我的小孩。那名男子有一个神经质的习惯，他总是不停地上下移动他的腿。我甚至认为他对这个动作毫无意识，但问题在于这样会晃动婴儿。

"她没有哭。"我告诉他。

他看着我，我指了指婴儿。“你不需要晃动她。”我说。

“去你妈的。”他骂道，然后起身抓起他的东西，转移到另外一个座位上。

我能感觉到自己的脸在发烫。虽然我不确定自己哪里做错了，但我还是想道歉。我几乎想跟这个愚蠢的男子结婚，帮他照顾这个婴儿，这种感觉真是太糟糕了。

“去你妈的”这个词把我震到了。虽然我自己也这样骂过几次，但我还不够年纪承受这样的词。爸爸妈妈从没这么骂过。但我知道外面那些生气的穷人经常使用这个短语。他们很多人居住在小镇的偏远地区和山上。整个区的人，整个部落的人主要以贫民粮票和小型菜园为生。有时候处于绝望，他们会整宿整宿地摔啤酒瓶。

最终，我从列车员那里借来了一支笔，我固定好我的笔记本。准备写那篇英语短文，就是安娜说我们都要做的作业，写关于我们对躺在浴缸里面的男子和在单车上的男孩的感想。我翻遍了背包，没找到那个故事。突然，我非常渴望再阅读一遍。“第一个和最后一个”，我对它的命名。该故事不断围绕老人和男孩进行，令你不停地思考他们之间是如何联系在一起的。男孩有一条信息，一份心，你可能会认为他会把信传递给老人，但我的思路是，他们是同一个人。老人在浴缸里面睡着了，或者溺水了。整个故事的结构有点混乱，但很具有目的性。

在我阅读这个故事时，我似乎感觉到溺水男人的记忆成了我的记忆，只是我忘了山上那座由紫色花或者灰色石头（骨灰的颜色）环绕的房子。尽管如此，每当我看这则故事，我都感觉其中有一半内容是我自己写的，作者负责另外一半。两者结合起来，健忘症也就消失了，所有的记忆如洪水般涌现出来。好故事都应该是这样的。它们就像宇宙飞船。把你带到很远的地方，然后你会惊叹，噢！真离奇的地方。但突然你便想起，等等，或许我以前来过这里。或许我就是在这里出生的。

我的手不停在纸上飞舞着，跟着我的思绪。火车也在飞奔，我要去哪儿？路易斯，是的。但他是谁？我心想。我真的不知道路易斯长什么样，他真的有那么重要吗？并且，海琳在哪儿？在这个世界上，我最最希望的就是海琳看到我在这辆火车上。但她希望我去德斯蒙得吗？或许整个旅行就是在浪费时间，回家才是主要的事情。可能爸爸妈妈、安娜和凯文才是主角。但我不能让火车掉头。这不是一本我能够停止阅读的书。我必须坚持到最后。这就是我的风格。大多数人有开始，却中途失败放弃。妈妈就是个很好的例子。我怀疑她真的毁掉了所有她的故事，那些她年轻时候写的故事。如同埃及烧掉的图书馆。当维埃塞夫人告诉我们，克莉奥佩特拉的图书馆被烧毁时，她的眼睛模糊了。因为，丢失了很多重要的东西。一堆希腊悲剧以及其他故事大杂烩。我想，妈妈死的时候，也会成为她那些故事的终结。

她心里留下的所有故事都会消失。不过我想所有人最终结局都是一样。为什么我要关心海琳的故事？如果那天死的人是我，她会花那个时间去写我的故事吗？

吸了一口气，我抬头看了看，一切都成了另一番景色。窗户外面的树越来越多了。火车正穿过一座桥，桥下面有水。我不知道这是代表好运还是霉运。但肯定的是，已经没有退路了。似乎有种被刻在石头上的感觉。她在穿过一座桥。我在笔记本上如是写道。她在树林里。我感觉自己不再生活在现代，我已经穿越到另外一个地方。那些观察者们生活的地方，还有所有他们带走的人。

我们现在处于山上很高的地方。窗户移动得非常快，外面的陆地有点模糊不清。我感觉到一丝紧张，于是我决定起身，活动活动筋骨。我在车厢之间走动，虽然有提示说不允许。我经过大概五节车厢之后，看到了她——一个头戴纱巾的妇女。不是幽灵，而是一名老外。她身体倾斜着，在跟谁讲话。靠近一点才发现，原来是小孩，一男一女。我想回去，但她抬起了头。这是艾亚德·塔吉的妈妈。我知道她认出了我，因为她冲我微笑。

"你是我儿子的同班同学是吗？"她的口音很有特点。似乎对所有的词都过度发音。再靠近，我能看到她头上的黑色布料上有发光的线穿过。这让我想起了妈妈绣着银色花的裙子。

"愿意跟我们一起吃东西吗？"塔吉夫人说道。

她正在拉开的桌子上分配锡纸包。我怀疑她是不是准备炸掉火车。

"不用。"我说。我告诉她我刚刚吃了一些巧克力。

孩子们准备吃东西了。他们两个都有着深色的眼睛，漂亮的鸟翼般的眉毛。他们用两只手吃东西，食物看上去很黏稠。

“这是什么？”我问。

“尝一点。”她说。

我不想那么没礼貌，于是尝了一点，但当我吞下去的时候，感觉很奇怪。这是毒药，我怀疑。有点像辛辣的肉。

“我以为你们是素食主义者。”我说，差点噎着了。

“谁？”她问我。

“我也不知道。”我说。我可能把她跟海尔·克里希纳弄混淆了。其实有很多种戴着头巾的人，他们的规矩都不一样。

很幸运，塔吉夫人没有问我为什么今天没有去上学。她只是不停地冲我笑。我们都微笑着看孩子们吃东西，只不过我在假装而已。我不知道她对我了解多少。我也不知道她是否知道我叫什么。

“我叫玛蒂尔德。”不知为何我主动告诉她。

“我叫安妮森。”她说。她的笑容很美，像艾亚德的笑。

“这个名字表示朋友。”她说。她告诉我这个让人很怀疑。

“这是阿兹哈和皮瑞泽，”她说。我不知道她为什么能够一直微笑，似乎人们对她做了什么很仁慈的事情。

“他们的名字都有什么含义？”我问她。

她很喜欢我的问题。她的笑容变得更加神奇，只见她把手放在男孩的头上。“阿兹哈，”她说，“表示一张明亮的脸，至于皮瑞泽，可以的，小家伙，”她说，因为女孩满脸油嘴对着她，“皮瑞泽源自精灵。”

“什么？”我说，她重复了一遍。我感觉警察冲破了我的大脑。又一次想吐。

“玛蒂尔德表示什么？”她问我。

“我不知道。”我说，“我必须走了。”

“怎么了？”她说，“跟我们坐一起吧，皮瑞泽，坐过去一点，腾出点空间。”

我真不该跟她交谈。我不想被逮捕或者名字被列入黑名单。政府可能不会再拷问我。过去是合法的拷问，但现在我不这么想了。我目不转睛地看着那个女孩。她正玩一个塑料长颈鹿。她让男孩唱歌，虽然她很害羞，但我知道她是想做给我看。小孩子如果学会了一首歌，一般都喜欢展示给别人看，即便他们很害羞。塔吉夫人唱了一点儿，是女孩鼓励她唱的。她的声音很好听，我任凭她的声音冲刷着我。这好像是一首关于捡苹果的无声的歌，一首数数歌。他们一边拍掌，一边唱，很显然，女孩子最喜欢这个环节了。他们唱歌的时候，我又吃了一点他们的食物。习惯了之后，就会发现味道还可以。

我知道恐怖分子死后，他妈妈会私底下哭泣。但在葬礼上她必须保持笑容，举起手欢呼，像一场足球比赛一样。别人都是这么说的。问题是，我无法想象塔吉夫人这么做。如果这两个小孩发生什么事情，我怀疑她会心脏病发作两次。

对讲机发出声音，快到下一站了。塔吉夫人跳了起来，仿佛被人捏了一下。“噢！”她说，“我们到站了。”她快速收拾自己的行李物品。“我把这些留给你。”她是指食物。

“再见，”她说，“我会告诉艾亚德我见过你。”

有两名男子抬起头，当她从他们身边经过的时候。我希望没有人会把她撞倒，尤其是她还带着两个小家伙。说实话，我有点庆幸她走了。当她走到门口，我检查了座位下面，确保她没有遗漏什么包裹。我这么说并不是侮辱她，只是我已经被训练成这种习惯了。

当我看着窗户外面，那个源自精灵的女孩看着我，手里抓着她那塑料长颈鹿。她怎么能取那样的名字呢？好像是从我这里偷走的一样。我突然对爸爸妈妈感到愤怒，因为他们从没告诉我我的名字代表什么含义。或许他们自己也不知道，他们只是喜欢它的发音。不过还好我对此只是生气了几秒，因为我想到了路夫娃和安娜叫我时的感觉，我只想死在她的怀里。又是一次爱情闪电。我心想那个白衣修女到底在我体内安置了什么，它又能延续多久呢。难道我每隔五分钟都要被这些无聊的爱的攻击射中吗？考虑到每个我能想到的人都已经基本上从我的生活中隔离开，便不觉得这是什么令人高兴的事了。

车外，塔吉夫人和小孩正被一群穿着和塔吉夫人一样的妇女包围着。我怀疑她们是她的姐妹，赶过来见她的。火车又开动了，我看着她们渐渐消失。她们接下来会干什么呢？我心想。在山里鞠躬祈祷吗？还是秘密策划她们的计划？或者只是回家看电视，讲正常人的笑话？如同世界各地的姐妹一样。

我快要到那了。我闭上眼睛，任凭火车载着我往前走。离大家越来越远，越来越远。一个人，我心想。A.L.O.N.R。艾诺拉名字倒过来写。就像很久以前第一架罪恶的飞机。第一颗重要的炸弹从它的胸腔掉出来。这是一场完全不同的战争，古代历史。一切都呈黑白色。让人们更容易看清楚。

38

虽然我没有长颈鹿，但是我在她那个年纪，有很多很多塑料动物玩具，包括牛、猪和马，都是小模型。此外，还有狮子、熊，以及恐龙和长毛象。另外我还有两个小人模型，一个牧童和一个山洞人。我想这一定是一套完全不同的组合混在一起。我过去经常将它们放在餐桌上。偶尔心情好，还会用泥土堆成山和洞。有一次妈妈在烧菜，竟然将几片绿花椰菜放进泥土中，瞬间，它们变成了不折不扣的树。

野菜事件发生那天，妈妈坐在我身边，跟我一起创造了一个全新的动物世界。妈妈把山洞人放在马旁边，摆放的方式让人觉得能够听到它们在彼此交谈着。她还设计了一个雷龙爱上一头猪。我将一只绵羊放在雷龙旁边，再在旁边加一头狮子。

从林、农场和地面，时间忘记了周围的一切。我和妈妈没有说话，只是像上帝和他的助理一样，在做我们必须完成的事情。

我们弄了很长时间。当爸爸回到家里，他围绕桌子绕了三圈，他非常感动。海琳说，我可以在自然历史博物馆里面获得一份做展示的工作，这是她曾经参加学校组织的旅行时去过的地方。她经常说，这个地方我一定喜欢。“你的眼光很不错。”海琳说。我告诉她我需要帮助。刚说完，妈妈就走了过来，手臂环绕着我。我感觉就像路易斯和克拉克，我们两个是头版非常有名的人物。

那天晚上，我们四个人在客厅吃晚饭，因为没有人想要破坏动物的世界。过后，当大家都睡着了，我起床走到厨房，再次欣赏我们的作品。我没有开灯，而是拿着一个手电筒照在桌子上。这简直就像个奇迹。看着它，如同看着一个外太空世界，通过外星人的眼睛，能看到所有生物的秘密生活。我想上楼叫醒妈妈，让她看看在手电筒光的照耀下，动物世界的样子。但我又不想跟个小孩子似的，于是我没去吵她。

早上，餐桌上的东西不见了，我们还是在那里吃的早饭。我没有发火，因为我自己想着，我和妈妈以后还可以制作另外一个。然而，我们再也没有一起做过了。我们只是没有抽出时间来做。我自己一个人设计了几个动物世界，但不再有那样的灵感了。经常在做完之后，我就全部推倒。

德斯蒙得看上去像是由泥土和绿花椰菜构成的。有山，有树，但总感觉不太对劲。仿佛一个在困难时期破灭的童话故事。即便是较大的老房子，看上去也像简陋的木屋。

空气很清晰，但所有路上开的车都是小型卡车。我不知道为什么海琳想要来这里。如果我要讲述关于海琳的故事，我不会在她的口袋里面放一张去往德斯蒙得的车票。而是去往法国或者中国香港之类有趣的地方的车票。你应该知道这个游戏，就是问别人如果有一百万美元，会做什么。我和海琳过去时不时就会玩这个游戏。大概二分之一的时间，海琳的回答都很无聊，都是关于她会用这些钱帮助其他人，哪怕是陌生人。但有一次，当她在帮我扎辫子的时候，我问她会怎么花掉那一大堆钞票，她说她会居住在一个玻璃摩天大楼的顶楼，每餐饭都选择订餐，一份香草奶昔或者鸡排，这以前是妈妈的拿手菜之一。听起来真的像天堂一般。海琳说大楼没有墙壁，只有窗户。我问她，能否让我跟她住在一起，她说可以。不过她还说，如果我结婚了，我就必须把你赶出去了。没关系，我说。我告诉她我可以搬到下面一层，九十九楼的公寓住。我们都认为这是最好的安排。

可以肯定的是，德斯蒙得并没有什么摩天大楼。这里没有多少东西。街道很荒凉，我甚至都无法判断这到底是危险还是安全的。我不停地来回走着。一分钟前还是“黑色星期五”，下一分钟，便成了“柳林风声”。我走进一家糖果店，因为我需要有人指引方向。一个手工制作的心形纸板挂在窗户上，上面有人潦草地用黑笔写了个“OPEN”。当我走进去，铃声响了。一个真正的铃，不是发出来的音调。我可以告诉你，这是一家被时光遗忘的糖果店。因为他们正兜售的果脯，导致所有玻璃罐里面的糖果以及这个地方都有点发臭。

一个老人从窗帘后面走出来。门口的窗帘真的就是一张床单。当他经过门口，我看到一个老太婆坐在后面喝茶看电视。一台电暖气正在她脚下发光。她紧紧地盯着电视，我能看出，她在看正在爆发的战争，因为电视里传来那种旋律的音乐。

在我问路的时候，老人用一种似乎已经见过很多这样的人的眼光看着我。我明白我应该买点糖果，以防他们受到贫穷的困扰。"我还要点这个。"我指着那罐红色的玻璃石。

"火团，"他说，"多少？"

"哈罗德，"老太婆的声音从窗帘后面穿透出来，"外面是谁？"

"顾客。"哈罗德也冲她大声喊道。他们俩才是真正大呼小叫的人。

"一分钟之内，天气又要变了。"她说。很高兴她直接拥有自己的优先权。当你能控制气候了，谁还顾得上战争啊。

"我要五个。"我说，哈罗德打开玻璃罐的盖子。

"你不会想着这个的。"老太婆站在门口说道，"不要给她这些，哈罗德。"她穿着拖鞋走了出来，冲我扮了个鬼脸，"会烧坏你的嘴巴。"

"你为什么不待在里面？"哈罗德对她说。

"你替我看着气候变化。"他说，但是老太婆并不答理他。

"这些怎么样？"她说，用她纤细的手指敲着一罐黏糊糊的黑鱼。

"可以，"我说，"来五条。"我希望它们不是甘草。

虽然我只要了五条，但老太婆舀出了大约一百条黑鱼到袋子里。最后，她只要了我五十分。我觉得她可能有点喜欢我。因为她一直冲我微笑，仿佛我是个刚出生的婴儿。我把五十分硬币放在柜台。“我还有钱。”我告诉他们，看看他们还有没有什么想卖给我。

“把它捐给穷人吧。”老太婆说道，一边眨了眨眼。尽管穿的是浴衣和拖鞋，她看上去依然非常迷人。我想，过去她一定是一个低调的影星。她的脸就是一张明星脸。虽然已经爬满了皱纹，仍旧表情丰富。很神奇，人们老了，还能保持到现在，没有完全消失。他们柔弱的眼睛仍然闪闪发光。我看他们看了很久。我研究他们。她如同一只鸟儿，他则像一只蜥蜴。

我问她她叫什么名字，她说叫莉莉·戈尔德。我想这个名字让她适合走 T 台。

当她问我的名字时，我告诉她我叫艾琳。虽然名字不好听，但是最先闪入我脑海中的名字。很奇怪，我一直在跟她聊天，哈罗德看上去有点尴尬。我不知道为什么。他不停地在我们身边徘徊，假装在擦椒盐脆饼上的灰尘。我想或许他是为莉莉感到一丝羞愧。

我离开前，还问了去拉尔森法庭二十八号的路怎么走。“我有一个朋友在那儿，”我告诉他们。

“很简单，”莉莉·戈尔德说。

“哈罗德，”她说，“给这个女孩画一张地图。”

于是，老人取出另外一个纸包，开始用笔在上面标记。当他在写街道的名称时，我知道窗户上心形的“OPEN”也一定是他写的。他把地图递给我，我看了看。真的很难辨认。

走出去，我把几美元丢到他们的邮箱中。里面只有几只死了的棕色蜘蛛。我再次看了看地图，顿时觉得胃部有点不舒服。哈罗德竟然在地址后面加了个感叹号。拉尔森法庭二十八号!

我按照哈罗德标注的箭头，在街道上漫步。等我走到尽头，我明白了，哈罗德画的曲线，应该是指一座桥，因为我在地图上核对过了，就是这儿。这是一座较小的桥，穿过一条小溪，但是，我还是犹豫了一下。小溪的水流非常湍急。而且桥上到处都是石头。我不敢保证自己走到中间的时候，桥不会断开。

保佑我，我自言自语了一番，然后出发了。准确地说，需要三十七步走完这座桥。但最终我只用了十步，按照我自己的规则，已经很幸运了。不过，当我到达桥的另外一端，我差点精神崩溃了。

根据哈罗德的地图，我已经距离目的地很近了，但是我在一家五金店门口停了一分钟，为了取暖。里面有一个邮局，我用最后一美元买了一张明信片，上面有很多马。我在上面写的是爸爸妈妈的地址，但不知道该在空白处写什么。

“是写德斯蒙得吗？”我问那位柜台的女士。

她说:“是的，在盖邮戳的地方写德斯蒙得。”

于是我写上了这个地址，没留任何信息。

39

我能看到街对面的二十八号。用红色颜料涂在邮箱上。树上有几只鸽子，唧唧喳喳的声音像做梦的狗一样。一只肥胖的鸟停在马路中间，当有车经过时，它甚至懒得飞起来。只是摇摇晃晃地快速走开。我不明白为什么它不用自己的翅膀。如果我是一只鸟，我一定会把握每个可以飞的机会，哪怕我不需要走很远。

当我朝房屋走去，我多么希望自己是隐形的。我的整个身体越来越白，最后消失了。然后我就可以直接穿过墙壁，到他的卧室。是谁？他肯定会问，并开始颤抖。

这是一栋很大的房子，呈褐色，很普通。很明显，可以重新粉刷一遍。不知为何，我没法敲门。我只是像一个傻子一样站在那里。当我终于把手握成拳头放在门上时，很可悲，竟然一点力气都没有。我不知道自己怎么了。

我命令自己敲门。几秒钟后，我的手总算听话了。门响了，一、二、三，但比我想象中声音更大。当听到门闩打开，我担心自己会昏倒。

“有事吗？”

这是一个留着长头发、头发很脏的妇女。她看上去很肥，不过可能是因为她穿了太多衣服。她似乎是被包裹起来的。她让我立刻想到了海象。

“是谁？”她问。她看我时很奇怪，她的目光并不是对着我，而是我旁边。而她又没有戴墨镜，所以我意识到，她是个盲人。

“很抱歉，”我说，“我只是……”

“我想我找错地方了。”

“海琳？”她说，“是你吗？”突然她的脸似乎被照亮了，完全变了一个人。

“不是。”我说，但是这个词被卡在我的喉咙里。

“你是来看路易斯的吗？”她说，她的手放到胸前位置，似乎她刚刚中了彩票。

“很抱歉。”我再次告诉她，并慢慢从门前离开。

“不要道歉，”她说，“看到你，他一定会非常高兴。”

她摇摇头，笑道：“奇迹中的奇迹啊！”

我慢慢退回到草坪上，试图发出声音。

“你还在吗？亲爱的？”她肥胖的手臂伸出来，似乎想碰到我。此时，我才明白自己在哪儿。我在死人的地盘上。一切都颠倒了。

“他在后面，”“海象”说道，“你知道在哪儿的。”

“海琳？”

我想说什么，但说不出口，只是发出了一个奇怪的声音，比露西更古怪的声音。

“走吧，”她说，“他可能在睡觉，你得用力敲门。”她的笑容在颤抖，像是一根蜡烛，“他最近真的很难熬。”

跑！这个词闪现在我的脑海里。但好笑的是，我开始走向房屋后面。

“好女孩。”“海象”说道。我猜她是听到我的脚踏在毫无生气的叶子上的声音。

我慢慢地走着，她用一种盲人惯用的方式看着我。用他们不可见的触角，秘密的知觉。

“这里很冷。”她说，走出房子。只见她站在门廊处，前门完全打开。从她海象般的穿着中，我看到她掏出一包香烟。她抬头看着那些鸽子所在的树。点燃了一根火柴，举到她脸上。

“我们想你。”她说，从嘴巴里喷出烟雾。我不知道她是在对我说还是在对那些鸽子说。我的声音有那么像海琳吗？我心想。

围绕着房子走，杂草变得越来越多。很长时间没有人修剪这些杂草了。它们长得好长，呈棕色。稀奇古怪多刺的植物遍地都是。还有长得过长的灌木和树。经过它们的时候有一些像蛇一样发出咯咯的声音。杂草后面是白色的东西。我推开一大片细长的豆荚，看到那个小房子。这是一个隐藏得很深的简陋小屋。

然后，我找到了那条路。其实这不算是一条路，只是有人在杂草上来回走动，形成的一条小道。我走得越近，越加不喜欢里面的景色。小房子后面除了山和岩石之外，什么也没有。对于女孩来说，这并不是一个安全的地方。树林中的城堡根本无法跟它相比。要是妈妈知道了，一定会非常生气。

我都已经能听到她的声音了。为什么不待在家里。待在院子里。在自己的房间里玩。不过现在已经晚了，我知道这不是一个惩罚。她以前只是想尽量保护我。

小房子被玫瑰包围着，我不理解为什么它们会开花。每年的这个时候，人都觉得它们应该死掉了才是。粉色玫瑰，白色玫瑰，很警觉的红色。真是一个大得可怕的玫瑰丛林，完全失去控制。我走近一步，突然，后面有人把我头上的帽子摘走。我尖叫起来。然后转身用手胡乱击打，但最后发现，原来只是被一根无聊的树枝钩住了。我的帽子悬在空中。我把它抓回来，重新戴在头上。我几乎要哭了。我咬紧嘴唇保持安静，但似乎太用力了，嘴巴里有股血的味道。

等我回头看小房子，有个人站在门口。他赤着脚，衬衫口子开得很大。我能看到他的胸毛。最惨的是我只能看到他的一只手。

“你是谁？”那个人问道。

“陌生人。”我说。

“你刚刚叫什么？嗯？你在这里做什么？”他脾气不是很好，身体在颤抖。我努力让自己不要在这些了无生趣的草堆中呕吐。

“这是私人场所。”

“我只是……”

“你想干什么？”

我深吸了一口气，仍然能尝到嘴巴流的血的味道。

“你儿子在家吗？”我问道。虽然他看上去还年轻，不太可能有一个儿子差不多海琳的年纪。但我知道眼前的这个男人不是路易斯。因为他不仅仅只有一只手臂。他整个左边的袖子看起来都是空的，悬在空中。

“你找谁？”

我把手握成两个拳头状，压在自己的腿上。

“路易斯。”我说。

“我听不见，”那名男子说。他扣上衬衫，盯着我，但我没有后退。

“我是海琳的妹妹。”我说。

他后退了一步。那些本要花数万年发生的事情竟然只花了一秒钟。我们生死交替了一千次。

“她在哪儿？”他问我。

“她在哪儿？”这一次，他问我时，我能看到他在颤抖。

“你认为她在哪儿？”我问他。

我大脑一直在想“请一定给出正确的回答”。

“我不知道，”他说，“我他妈的不知道。”

现在轮到他的声音发抖了。他所有的韧性一下全部表现在他脸上。他把头发从他眼睛处撇开。

"她为什么不……"他眨了眨眼睛，似乎刚刚睡醒，然后擦了下眼睛。我知道他很困惑。

"我整个晚上都在等，"他说，"浑蛋。"

但真正的问题是，他一直在等谁？活着的人还是死了的人？

他开始扣起自己的衬衫。我不知道他用一只手是如何做到的。这简直就是变戏法。他看向我旁边，似乎在担心有人看到我们。

"你一个人来的吗？"他说。

40

事情都是怎么发生的？你的生活是怎么进行的？大多时候，时间过得很慢。有时时光还会倒流。突然有一天，你一下冲进了未来，站在中间。未来本应该像水一样，但其实更像是泥浆。你陷进去了。

路易斯给我冲了一杯热巧克力，尽管我说过我不冷。他为那些杯子、勺子过分操心了，他的身体状况还不如我，总是在颤抖。在他等待水开时，他转身背对着我。他偷偷从药瓶里面倒出来几颗药，然后用一罐可乐把它吃下去。

“一分钟就好。”他说，他试图表现得跟我很亲密，似乎我来到这里是世界上最自然不过的事情。

房子很出乎意料地整洁干净。虽然存放着很多东西，但都堆得十分整齐。

CD、叠好的衣服、报纸等。桌上的书堆起来如同超高的卡通三明治。唯一不对的就是床。毛毯到处都是，仿佛发生过什么事情。噩梦、做爱还是其他某种挣扎的行为。床单也像绳子一样扭在一起。

从外面走进来之前，他问了我一连串的问题。其中有一半我不明白，所以我只是默不做声。更何况，不知什么原因，我真的不太想说话。路易斯不停地环顾四周，似乎他在担心有人藏在灌木丛中。真好笑，我甚至有点希望真的有人藏在那里。任何人。能够在他离我太近时把他拉回去的人。最终，我们进来了，只是因为他叫了我十遍。而且说实话，我很冷。我的双脚已经麻木了。

“坐下。”他说，但我不听。我只是站在门口。厨房和我的位置没有围墙，所以我能看到他的每一个举动。我想放下背包，但又不想那么随意。

我知道什么样的笑是伪装的，路易斯总会表现出那样的笑容。他不停地把我当五岁小孩一样跟我说话。我喜欢你的帽子。这顶帽子真酷。你需要我调高暖气的温度吗？你还好吧？你父母知道你在这儿吗？人们这样对你说话的时候总让人很烦躁，但从另一个角度看，他的声音的确很好听。深沉，厚重，但又不吵，像是遥远的雷声。

用一只手臂制作热巧克力要很长时间。虽然他只是用一包混合好的材料，但仍然需要做很多工作。有时，他不得不用他的牙齿或者下巴。这是我从未见过的。为什么他现在还是那么紧张？我已经很清楚地声明我是一个人来的。为什么他会害怕一个小孩？

他非常缓慢地将热水倒入杯中，仿佛在做一个实验。看到他这么用心，我感到有点紧张不安。我深深地吸了一口气。

“她把你的信给我看了。”我说。

他仍然在关注他的实验，没有回应我。

“她把一切都告诉了我。”我说。

我说这话时，感觉自己像一个白痴。我甚至忘了自己来这儿的目的。突然我不再想知道关于我姐姐的任何事情。我脑海里面已经有了足够多的故事。

有趣的是，我无法不说话。本来当一个人觉得自己很傻的时候应该闭嘴的，但有时我恰恰相反。

“我知道关于你的一切。”我说。

路易斯转过身，手里拿着杯子，盯着我。他沉下脸来，眼神变了，变得更加尖锐。虽然他的眼睛和安娜的一样，是绿色，但不像人类的眼睛。当你看着他，几乎会忘记他是不完美的。看着他的眼睛，他的另外一只手臂似乎长回来了。

我不知道我们是坠入爱河还是准备作战。

“是她派你来这儿的吗？”他说。

我笑了笑，感觉有点邪恶。

“她从来没说过她有一个妹妹。”

他刚说完，我能感觉到自己脸变红了。我的膝盖差点弯曲了。但是，在我还没来得及为自己辩护之前，他又说话了。他说得如此快，我几乎听不懂。我只知道他对我说话的方式不对。他简直就是在大声叫嚷。每一句话都是海琳。告诉她这个，转告她那个，他不停地说着。他以为我是什么，她的秘书吗？

“我知道她很生气，”他说。当他把热巧克力递给我时，有一部分掉在地毯上了。他跑过去拿了一块干抹布，然后跪在我面前。一只手在擦地板，另外一只空荡荡的袖子则垂放在地板上。

他怎么可能是路易斯呢？我心想。不仅仅是他只有一只手臂，而且他很老，至少有二十五岁，或者更大。他可能有三十岁了。他的脸上甚至已经有了皱纹。我希望他赶紧起身。为什么每个成年人都一定会变成动物呢？

此时，我脑海里形成了一个完美的故事。但其恐怖程度令我差点摔下来。路易斯既是爱人，也是杀人犯。他把她推向火车，然后他也跟着她跳下去。问题是他并没有死，只是失去了自己身体的一部分。看到眼前活生生的证据，我感到一阵反胃。当他站起来，手里拿着巧克力味的抹布，我无法看他的脸。我后退，但没有地方可去。他往前走了一步，我担心他会攻击我。

“我会处理好所有事情，”他说，“让她给我打电话。”

他又表现出一副很亲密的脸孔，只是这一次他咬牙切齿。我能看出，他在努力让自己冷静下来，在我面前好好表现。但是他内心的情绪波动实在太强烈了，他无法控制。只见他把湿抹布丢出去，砸在了墙壁上。

“可是，为什么她要忽视我？一年，整整他妈的一年，我都在等她。”

似乎是自己在说话。他看着镜子中的自己。同样愚蠢的谎话。只是路易斯不撒谎。这很恐怖。他真的不知道海琳已经死了。这让他变成了一个怪物，比他杀了她还糟糕。

似乎他同时是一个小孩和一个怪物。可怕，无言，又满怀希望。我想杀了他。我想把他推倒在地，让他闭嘴。

“我爱她，”他说，“我爱她。”

于是我推了他一下。我用尽全身的力气推他。但是没有用。我只是自己倒向他。“你不知道吗？”我尖叫道，“你真的不知道吗？”

“什么？”他问我。然后看到他的眼神变得很疯狂。

那一刻，他无法言语。

“她自己处理了？”他说，“是吗？”

“真他妈该死，”他说，“我只是让她去跟那些人谈。我没有让她去……”

我还没来得及问他在说什么，便看到他跺脚跑到床上，用一只拳头抓起被单。他的肌肉在衬衫下展露出来。他在地板上拖着被单。

“她杀了他吗？”他问。他看着我，直直地对着我。

突然，我感觉好热。房间似乎烧起来了，温度达到了一千度。我不想昏倒。所以我任凭外套掉落在地板上。路易斯看着我，仿佛我没穿衣服。

“那是什么？”他说，“为什么你穿着这件衣服？”

黄色的裙子。在 H.S.S.H 那天穿的，我忘了几天前早上又穿上了它。

“这是在开玩笑吗？”路易斯说道。

“这件裙子是我送她的，”他说，“到底他妈的出了什么事？”他把被单扔在地上，然后跑出门口。

“海琳！”他在院子里叫她的名字，然后赤着脚跑出去，“海琳。”

听起来，似乎是愤怒的父母在寻找淘气的小孩。我站在门口看着他。我什么也做不了。我知道我已经走进另外一个世界。充满猥亵的话，谎言和缠绕的被单。这是一个成人的世界，突然我担心自己将不得不永远待在这儿。我担心他们不会让我回到最初的地方。婴儿，噢！上帝，婴儿。

“你在哪儿？”路易斯大叫道。

我跟着他走出去，进入一个可怕的花园。经过疯狂的玫瑰和杂草。如果有私人藏在灌木丛后面，这将比恐怖分子更糟糕。我能看到盲人妇女在房子的窗户后面。又一次让我感觉那是自己的妈妈。

我和路易斯走到花园越来越远的地方，实际上我们在里面绕圈。我想阻止他，但我没有这么做。如果一个人认为自己的爱人还活着，藏在一棵树后面，那么阻止他简直就是一种犯罪。我一句话也不想说。我为他做的，是我自己从未享受过的。我让他相信。或许这是让她回来最完美的魔法。或许爱情的力量比妹妹或妈妈的魔力更强大。这是我最后的机会，所以我站在那里。我让路易斯叫喊她的名字，我等待着奇迹的出现。等待着我姐姐从灌木丛中向我们走来，手里拿着一个苹果或一张美元钱币。虽然我知道她永远不会出现。我并不傻。

一个婴儿。她体内。有一次，就在不久以前，海琳准备和一个男孩出去，我跟她说她看起来就像一个妓女。但这并不是真心话。她看上去很漂亮。我只是不知原因地讨厌她。有时你爱一个人太深，最终就会恨她最深。我知道这话讲不通，却是事实。

我无法再这样看着路易斯了，我走回到房间。事情发生在床上。我拿起地上的被单，是冷的。我把它们放回到床上。当我转身，看到路易斯站在门边上。他的眼睛湿了。

"她确实做掉了，"我说，"她必须打掉。"

我还能告诉他什么呢？如果我让婴儿活下来，那路易斯就必须成为父亲。他想找到海琳，帮助她一起抚养宝宝长大。无论从哪方面讲，这都是不可能的事情。

"孩子没了。"我说。

路易斯闭上眼睛，从嘴巴呼出气。突然他整个脸强行打开。他呜咽了，然后变成了其他声音。这是一个熟悉的声音，我感觉自己在哪里听过这个声音。然后我想起来了。"城镇埋葬儿童，悲痛的号叫。"很奇怪，我一直想听这个声音，但从未想过是从陌生人的嘴里念出来。

我看着他瘫坐着，我心想，为什么不是妈妈站在这里，像这样哭泣。

我走过去，碰了碰他的手。很神奇，我竟然没有哭。仿佛路易斯在替我哭泣。我感觉有点颤抖，当我坐在床上，我想，谁更糟糕？妈妈、我还是路易斯？谁失去的更多，谁赢了？说到死亡，最大的输家就是拥护者，血泪沿着他的脸向下滑。

“你必须忘了她。”我说。

路易斯朝床走近一点。

“为什么她一直忽视我？”他说，唾沫从他的嘴巴里飞溅出来。

“她通常都会这么做，”我告诉他，“她经常忽视别人。一分钟前，她很爱你，过后，就不会那么在乎了。”

她真的就是这样的人。她会晚上跟你亲吻说晚安，但第二天早上又会像陌生人一样对你。有一次，我坐在她旁边跟她一起吃早饭，她说：“我没有住在这里，我们都不是住在这里。”那时，我们都只是在喝麦片粥，一切看起来很完美，我们两个人穿好衣服去学校，身上散发着肥皂的味道。等她站起来，都没有跟任何人说再见。

“你不是她的唯一一个男朋友。”我说。即便如此，考虑到这样的结尾，他或许是她曾经爱得最深的一个人，同时也是恨得最深的人。

路易斯看着我，我心想他能否看到真相。他有X射线吗？他能看到我胃里面的骨头和羽毛吗？

他不能。他完全瞎了，就像我妈妈一样。只是路易斯是为爱而变得盲目。当你陷入爱情，哪怕有一天突然变得一无所有，也不应该惊讶。你会预料到这一天的到来。路易斯不得不相信我说的话。他不会反击，因为真相在于，他对海琳所做的事情是违法的。即便海琳还活着，他也不能来到我家，认她。再说，一个像他这样的人可能应对一切困难。可以说，他有一点疯狂。我能看出哪些人很疯狂，因为我跟他们住过。很多人的思想很奇怪。包括这个爱上十六岁女孩的成年人。那些生活在幻想中的人。当你想到他们，会觉得他们不存在。

我必须让他忘了她。这是唯一能阻止他的方法。

“她结婚了。”我说。

“什么？”路易斯说，“这太……”

他摇摇头，一开始我以为他是不相信我，但后来我看到他的眼睛模糊了。

“怎么结的？”他说，“跟谁结婚？”

“隔壁家的男孩。”我告诉他。这是闪入我脑海里的第一个想法。“他们认识很长时间了，”我说，“从上学就开始。”

路易斯的脸突然扭曲成了一个拳头。他看上去想用自己的脑袋撞击什么东西。当他向床前走近一步，我差点尖叫出来。但是他只是坐在我旁边。用唯一的手捂住自己的脸。他的哭声很小，像一只鸟儿在筑巢。如果他再哭泣，那只是为他自己哭。我想劝他再吃一片药，但我不敢动。

听起来真的像是他在打破嘴巴里的小支脉，令人很不舒服。

我的喉咙非常紧，我在想，这样做是不是有意义。告诉他海琳爱上了别人。在你的角度，这件事一点意义都没有。但至少对路易斯而言，她不会死。即使他再也见不到她了，他也不会想到她在地底下的箱子里，甚至连她穿什么鞋子都不知道。他没有必要知道真相。每年到了大楼的周年纪念日，电视上都会播放一场展览。但对海琳而言，就不会有这样的待遇了。事件发生时，爸爸妈妈甚至尽量让她的名字不要出现在报纸上。所以海琳的死没有历史记录，除了我们。他将负责保存她完好无缺的记忆。或许他会比我做得更好，因为他不会在每次看到火车时，不舒服。

想到火车，他应该会感到悲伤，因为这是她曾经去找他要乘的交通工具，至少不会无法承受。

“她让我来告诉你这个消息。”我说，“她只是无法面对你。”

他看着我。我不得不承认，他真的很帅。我看了一眼他没穿鞋的脚。他们本应该是最完美的夫妻，可惜法律不允许。我能想象这双绿色眼睛看着红发美女。他们两个人光着脚在这个小房间里，或者屋外，不管妈妈警告过她多少次小心碎片、癣菌病和破碎的玻璃。我相信，他们两个人一定在这张床上享受了大部分时光，赤裸着半身，试图创作出最完美的悲情歌曲，得以在电台播放。能够看出，他跟她有很多相似之处，那些存在缺陷美的人要么出名，要么最终住在别人的车库。我讨厌这么说，但海琳从未成为一名歌手，不完全是。如果一个人在做算术的时候不能睁开眼睛，谁会聘请你呢。但或许这就是为什么这些男孩爱上她的原因吧。如果路易斯每次盖上被子就会想起她，我一点都不会感到惊讶。他距离我如此的近，我能感受到他身体的温暖。我想再碰他的手，只是这一次是那只在我旁边不存在的手。我想问他这只手臂的事情。问他是怎么回事。我们坐在那里沉默了很长一段时间。时钟打破了安静的氛围。

我心想他是不是放心了。等待终于结束了。我敢肯定爱上海琳并非一件易事。爱上一个小孩应该要做很多工作，毕竟海琳确实还没长大。稍微想一想，就发现十六岁其实真的还不大。

坐在路易斯旁边，我从未感觉自己这么渺小。但有趣的是，她本来迟早都要赶上他的。小孩总是这么做的。

我能感觉到他在看我，但我的眼睛依然注视着我的脚。我心想，观察者们会怎么看待这个场景。这是他们想要的吗？玛蒂尔德和路易斯坐在一张床上，距离如此的近，已经接触到彼此的身体了？还是他们想要另外一个故事，和另外一个年纪跟我相仿的人？

“你跟她有点像。”他说。

“像谁？”我说，虽然我知道她是指谁。

“我哪儿都不像她。”我说。我摘掉自己的帽子，让他看看我可怜的短发。“我现在还像她吗？”我说。我不知道为什么会如此生气。

“我应该知道你就是她的妹妹。”他说。或许这是我有史以来听到过的最伤心的事情。说完之后，我甚至不想再待在这个房间里了。我在外太空，这里的雨下得很疯狂。在一百万英里处，路易斯触碰着我的脸，但眼泪还是不停地流了下来。我知道，我们接着会彼此拥抱在一起。我抱着他，仿佛我从未抱过任何人一样，甚至是妈妈。抱着他，仿佛我有爪子。过了一会儿，眼泪落在地上，流到一个洞穴中。路易斯拍了拍我的肩膀，我们都坐在泥土中。我无意间触碰到了那个空袖子。

“你生来就是这样吗？”我问他。

他笑了。这根本算不上笑，而有着其他含义。

“不是的。”他说。

“那发生了什么事情？”

他只是摇摇头，“没有关系。”

是的。他没事。一点关系都没有。我把自己的头埋在他的枕头底下。

“你应该走了。”路易斯说。但我知道，他不是说真的。

41

火车上几乎没有人。我有很多位置可以坐。有几名穿着黑色外套的男子，但是他们没有打扰我。我正潦草地书写着发生的事，说过的话。但现在只剩下文字了，它们不会伤害到任何人。至少不会致命。我听说过，文字也可以杀人，但这不是真的。你无法杀害已经没有生命的东西，就像过去一样。你无法让已经发生的事情不发生。你只能继续生活，无论是你已经做过的，还是别人对你做过的事。

西方著名哲谚“笔之有力更胜于剑”。你听说过吗？真是一堆胡言乱语。语言确实有它有意义的地方，但不可能打败刀剑，这是一定的。刀剑能够以这样或那样的方式把你拿下。有时候觉得所有笔能做的事情都是从剑延伸而来的，试图保持领先一步。

当我在小房间醒来，我还在路易斯的床上。

他正坐在房间的桌子旁。感觉他有点不太对劲，然后我才注意到他空空的袖子用钉子钉住了。他熟练地打开松散的材料，然后将其贴在他的肩膀上，防止它垂下来。我想，这样做很礼貌，但问题是，看到袖子这样钉着，你能看出来，他并不是整个手臂都没有了。而是还有好大一块留着，就在肩膀下方。我看着自己的身体，什么都还在，包括衣服，甚至连鞋子也没脱。

我问路易斯自己睡了多长时间，他说不是很久。他面前放了一个打开的鞋盒。我坐起来，但不确定我是否要出去。我不能走出去，把他一个人留在这里。我已经将我姐姐从他身边带走，让她嫁给了隔壁的男孩。我感觉自己应该回报给他什么。并且，他已经这样钉住自己了，还梳好了头发。我认为还不是时候离开。并不是我想住在这儿或怎么样，而是我知道等我到了车站，天已经黑了。没有什么比天黑等火车更糟糕的了，尤其是外面还这么冷。然后火车来了，宽大的灯光亮着，即便你有一张座位票，也不确定它们会把你带向哪里。我在历史书上看过这样的事件了——夜晚火车事件。

“我想我最好还是走吧。”我微笑着说道。我想我可能带一点调情的意味，但我是真诚的。第一次我感觉这么自然。路易斯没说什么，这样一来我没得选择了。我走向门口。我的外套还在地上，于是我把它捡起来。路易斯的手在鞋盒子里面移动，慢吞吞地来回移动，似乎盒子里面装的是沙子，或者他养了宠物，比如一只动物。但我看到的都是照片。

我扣好我的外套，此时，路易斯猛然看了我一眼，“你为什么来这里？”

我现在已经很确定自己编的故事，于是我还是坚持之前的答案。

“她想让你知道。”

路易斯用奇怪的眼神看着我，似乎并不相信我，“那你之前哭什么？”

我不知道该怎么说。

“她没嫁人，对吧？”他说。

他话音刚落，我的手便开始抖了起来。我低着头，发现自己扣错扣子了。

“你什么意思？”我说。

“我指在手术期间。”他说。

“没有，”我说，“她很好。只是需要休息一段时间。”这些迟钝的扣子不协调了，我把自己弄得一团糟。

路易斯仍然在看着我，于是我补充说她对周围的一切都感到可怕，的确如此。我深深地吸了一口气，决定做海琳的秘书好了。我知道她想我说什么。

“她真的很抱歉。”

路易斯的眼睛更加绿了。通常，你不会认为哭泣是一种美容秘密，但我想有时候的确是的。他眼睛的颜色现在真的很完美。甚至有点恐怖。如果它们不是耶稣的眼睛，就是魔鬼的眼睛。路易斯看着我，似乎到了世界末日。他的一只手臂、一双绿色眼睛以及男孩结实的肌肉。他到底是谁？他不是我妈妈，也不是我爸爸。他更不是安娜、凯文或者任何我认识的人。他对我而言就是一个陌生人。这就意味着空白。像一个婴儿。我想把东西灌输给他。

我不想让她再死一次。

“她跟你在一起真的度过了很幸福的时光，”我说，“为什么你不能为她感到高兴呢？”

说这话真的很无聊。而且一点都不起作用。路易斯笑了，他的笑根本算不上笑。我走近两步，能够更清晰地看到照片了。这些都是彩色照片，每一张都是不同的女孩。微笑着、噘着嘴，或者只是看着天空，各种各样的姿势。我问他这些女孩都是谁。路易斯把盒子推了过来。我的心脏快要跳出来了。这些并不是不同的女孩。全部都是海琳。她的各种表情的照片全部混在一起，像是一个神奇水族馆中各式各样的面孔。我想到了玫瑰、紫罗兰和雏菊，就是地下室布满灰尘的相册。

我知道一个男人藏着一盒子照片很不对劲，更何况都是一个女孩，十六岁，还在上学。我有点害怕，但又感觉很冷静。我能看到其中有一张脸在冲我笑。我能看到她在那里很开心。

然后一团乌云闪过路易斯的脸。他心里有秘密想法在涌动。话还没说出口，我看到路易斯嘴唇咕哝了几秒钟。

“我很疑惑。”他说。

我没有问他为什么疑惑。

“我本应该去你家的，”他说，“如果她把一半的机会给我。

没有……我是说，我们可以有，她可以……”

我知道他在说那个婴儿，我也知道他很生气。但这并不是我想谈论的话题，于是我只有点点头。

死人肚子里怀小孩的想法比想到她的灵魂更糟糕。妈妈一定会杀了海琳。她会谋杀她。妈妈从来没想过要小孩。从一开始就是这么想的。如果你问她，她会直接告诉你，她怀海琳的时候还太年轻了。等待是妈妈的专家经验。等你再大一点。言外之意就是不要毁了你的生活。想到妈妈可能想要其他什么，就总觉得这话很可笑。海琳从未跟妈妈说过实话。妈妈希望海琳能够完成所有她年轻时未能做到的事情。歌唱训练、钢琴、博物馆的艺术课，是妈妈鼓励她去做的这一切。她把她所有的希望和梦想寄托在海琳身上。是啊，她当然会这样，不然还能寄托给谁呢？

所以当我在推海琳的时候，其实我也在推妈妈。我杀了她们两个。想到这里，我几乎瘫坐在地板上。

为什么不？你为什么不这么做？在我脑海里，我能听到自己在重复说这些话。但请告诉，告诉我，当她说她想自杀的时候，我怎么知道她不是在撒谎呢？这种话怎么可能是真的呢？但问题在于，这个世界上有人坚强，有人脆弱，如果说只有一条规则，那就是你保护那些比你脆弱的人，不管他是动物还是人。不管在什么情况下，你都必须注意他们。无论你是嫉妒他们还是希望他们爱你多一些。这是我最大的失败之处，如果你想在我的裙子上画一个巨大的 F 字母，随便，我会给你笔。

当路易斯抬头，用他可怕的眼睛看我时，我担心他会认出我。然后了解真相。我就是那个推海琳的人。在世界末日那天，我便会成为那名逃跑的男子。人心是一种令人厌恶的东西。你几乎无法正视它。

“很抱歉，”我说，“我不该来的，”我再次连呼吸都错了。

路易斯擦了擦他小块的手臂，然后快速把手移开，很尴尬。一切都让人感到很羞辱。但不知为何，我们都无法看着对方。

“这是怎么发生的？”我问他。我并不是指手臂，但他这么想。他又碰了碰它。这一次他没有放开。

“军队。”他说。

这根本讲不通。海琳讨厌战争。她经常站在彼得罗妮拉·皮卡克那边。她不可能爱上一名战士。我说他撒谎。我告诉他海琳最反对战争、讨厌战争。她觉得军队是世界上最差的组合。它会带走天真的男孩，然后将他们变成罪犯。“杀人犯，”她说，“禽兽！”

“冷静下，”我能听到他说，“为什么你要尖叫？”

“我跟她是在一次游行中认识的，”他说，“在科林斯。”

这是爸爸和妈妈教书的镇上，他们学校所在地。

“他们只会在科林斯游行反对战争，”我冲他大喊。他也进行了反击，“你他妈的到底在想什么？难道你觉得我会回家庆祝战争吗？”他的小手臂突然冒出来直对着我。

噢，天啊，我心想，为什么没有什么事情能够说得通？我感觉小房间在飞。据我所知，它陷入了一场龙卷风。这本来是离开堪萨斯州，呈黑白色的房子。我只想着地。我想待在地面上。

“很抱歉。”我说。我不想他冲我大喊大叫。如果海琳爱上他，我也会。我做了安娜标志性的手势，把头发挽到耳朵后面，虽然我前面头发并不多。我看着路易斯的眼睛。拿起他的手。“好的。”我轻声说道。

起初，我也不知道自己在说什么。我无法有条理地进行思考。我感觉头裂开了，里面有一个蜂窝。

我握紧他的手，心想或许我应该让他把我收了，就在这个地板上。把孩子移植到我的体内。可能这就是我来这儿的原因，也是观察者们的宏伟计划。“没事。”我又低声说道，虽然在靠近他的同时，我身体在颤抖。

他看着我，仿佛我是一只刺到他大腿的海蜇。他起身离开了。他对我一点兴趣都没有。我感到自己脸红了。我低头，看着那一盒子照片。心想，下面是不是还隐藏了很多海琳的裸照。

“我可以让人逮捕你。”我说。

他什么也没说。他知道我可以做到。

但说实话，我希望鞋盒底下真的存在很多海琳的裸照。谁知道呢，或许在她难过的那段日子，她都跑到这儿来，或许他能让她很开心。我听说，做爱到某个时刻，能让人大叫出来。最后，你要爆发了，这种感觉像是直接把你带进了天堂。但你没必要把身体留下。你可以带着身体一起去天堂，虽然只是短短的几秒钟时间。我心想，当你在做爱的时候，会不会看到死人。到了那个时候，我会一直睁开我的眼睛。我保证我一定会。

谁知道呢，或许某一天，也有一个人把我的裸照全部放在一个鞋盒子里。不过不是现在，是以后，等我长大变漂亮的时候。如果我会活到那一天的话。从一方面想，这是令人厌恶的事情。但另一方面，似乎是个不错的手势。

“你不会烧了它们吧？”我说。

“烧了什么？”他说。

“没什么。”我知道他不会。他可能会永远保存这些照片。人们经常做这样的事情，将东西保存在鞋盒子里面，主要是为了证明他们曾经的生活有多么美好。爸爸年轻的时候去过唯特郡的巨石阵，他在那里找到了一些碎石。我知道妈妈那里有海琳镶嵌了那些石头（海藻的颜色）的耳环，虽然她自己不会戴。她将它们存放在她的首饰盒中，全部在抽屉里。

走到门口，我转身。我不知道该对他说什么，该如何结尾。我问他他们会不会给他装上一个假的。

“假的什么？”他说。我说：“一只假手臂。”

他又表现出好笑的表情。这简直就是他的“商标”。

“我不想要。”他说。

“我会装一个。”我说，“如果我是你的话。他们可能会免费捐献出来。”

接着，我们都沉默了。

然后他说："告诉她，不要再给我写信了。"他的脸上写满了可恶的骄傲。

我点点头。

说了声再见，他也说了句再见，就这样。我打开门，没有回头看。我知道我可能再也见不到他了，对此，我有点伤心。

屋外，我走过灌木丛，看到盲人女士仍然在窗户边上。可能这就是她的娱乐场所。面对着自己儿子居住的小房子。她可能都不知道他已经失去了一只手臂。当她拥抱他的时候，她会发现，但他或许永远都不会让她这么做。或许他觉得最好让她待在黑暗中。

一切又变成了黑色，透过火车窗户，我能看到自己。看到镜子中自己的脸，恍惚而又冷酷。我本应该问路易斯关于恐怖分子的事情。他们是否拷问过他。还是一颗炸弹？他很幸运，只是失去一只手。有些男孩没了腿，甚至脸都毁了。他应该告诉我我是否应该讨厌他们，那些对我们做出这么恶劣行为的人。但有时候我们很容易相信这里有一支军队，而不仅仅是无聊的战争。

你们都会死。我心想路易斯是怎么看待这个问题的。

我没有问他很多问题。我从未向他提起那些诗。那些他在发给海琳的邮件中提到的诗。我本应该问他的，我对她真正了解什么呢？或许只是一点端倪。当一个人长得很漂亮，你就不会想到他们会真的受苦，即便他们的确在遭罪。病人看上去应该是在生病，如同童话故事或是电视上一样。他们不应该穿着性感的裙子、剃腿毛。我怎么知道她会突然消失？有时，我会怀疑自己是不是一个白痴。比露西好不了多少。我的意思是，人是什么？他们究竟是什么？妈妈、爸爸、路易斯、安娜和凯文。我姐姐爱上一个独臂战士。这说明什么？大多数人都距离那么远。

比星星还糟糕。想到这个，你会觉得外太空就在这儿。外太空就是自己的卧室。实际上，你必须成为一名宇航员，才能居住在地球上的房子里。

爱人的想法给我带来了很多希望。因为会有一个人永远不会让你痛苦。即使这个人是一张布满刀的床，你依然能够睡在上面，感觉不到任何疼痛。但我不是一个爱幻想的人。我知道人有可能一辈子也遇不到这个人，哪怕你遇上了，最终也会转变成恨。

我真的什么都不知道。我太愚蠢了。真的。

你是否曾想过没有人类的永恒？你会是什么样？这还会是未来吗？无穷无尽，没有人去测量。这听起来还不错。

我把头靠在旁边的空座位上，任凭火车载着我走。幸运的话，应该是回家。这是我秘密的愿望。我甚至希望我那讨厌的妈妈能够跟我一起在火车上。即便她像酒鬼一样把一个瓶子挤在口袋里面，我也不会介意。

我只是躺在那里，抚摸着自己的头发，仿佛这是他人的手。因为感觉很舒服，很轻松。也没有从我的头上拔掉一根头发。

42

我不知道要去哪儿。这是我几个小时之前离开的镇，但现在感觉像是到了国外。自由大道上的灯发出橙色的光，古老的石屋都沉寂了，似乎在睡觉。我真希望自己有一个相机。你在哪儿出生的？总有一天，人们会问我这个问题，如果我能给他们看一张照片，就会省去很多麻烦。因为你会忘记很多事情，忘记大多数有关出生地的事情。

当我经过莫尔店时，我看到他在里面拖地。虽然这个地方已经关门了，但我还是把脸靠在玻璃上。莫尔走到门口，指了指上面的标记牌。“抱歉，我们已经打烊了。”最后，他还给了我一杯可乐。因为我告诉他我很渴。他问我我那个金发朋友去哪儿了。我说我也不知道，可能在睡觉吧。他说我也应该在睡觉。他称呼我为小姑娘。善良的老莫尔。他说，直接回家吧。我说我正是这么打算的。

但我没有很快到达那里。我沿着埃勒车道走着，看到本德夫人在擦洗她卧室的窗户。里面的灯光亮着，你能清楚地看到她在窗帘中间。只见她把什么东西喷在窗户上，然后以打圈圈的方式擦洗。她的手平放在玻璃上，看上去在跟别人说再见，只不过是对聋人说。然后我想了想，不，她是在一艘船的甲板上说再见。最后，我想到了百老汇音乐剧。告别老密友！窗帘前面巨大的数字掉了下来。我差点想去按她家的门铃，给她颁发最佳女演员奖，因为在一个专为聋人设计的音乐剧中的出色演出。

安娜家完全处于沉睡状态，但草坪上的小灯依然亮着。假如你眯着眼睛看，它们就会变成星星。我坐在两个灯中间冷冰冰的草坪上，看着天空。他们说，星星不停地在远离我们，虽然在下面，我们并不了解它。你只是想着，一切都固定了，但其实事物往往都在往反方向运转。我只希望安娜梦到我戴着自己的蝴蝶发卡，头发还是原来的发型。我们两个人坐在草坪的黄色长凳上，等待着什么惊人的事情发生。如果我在学校看到她，会怎样。脑海中出现的画面是，我们一起穿过大厅，但一句话没说。听起来似乎让人觉得不可思议，但我们又能说什么呢？我们都很羞愧，不知道该说什么。我只希望她明白，她是我生命中爱过的人。她对我的生活产生了很大的影响。她的确做到了。

当你完全被一个人迷住的时候，简直称得上是止痛片。你甚至开始怀疑为什么医生不建议你多吃几颗。

走到距离家门口还有一个街区的地方时，我注意到厨房窗户的灯还亮着。想想自己的生活还要在这里继续，这种感觉很奇怪。在某些方面，这就好比曾经发生过的所有事情都依然在这里发生。每一个房间都上演着数百部不同的电影，甚至上千部。比如，我躺在浴缸里，冲洗头发。我闭上眼睛，任凭水搔动我的耳朵。等我起身，海琳就站在门边上。她走进来，坐在浴缸边上。她并不介意我裸着身体。但我介意，于是我遮住自己。“我哪一边脸好看一些？”她说。她先给我看左脸，然后看右脸。但我看不出有什么不同，于是我跟她说我的心里话。“再看看，”她说，“有一边差一些。”她跪在浴盆旁边，再一次把两边脸给我看。这不是一个游戏。她是真的很担心，我知道我必须作出选择。不然她不会让我好过的。“你的左脸，”我说，“你的左脸更漂亮一些。”她起身，走到镜子前。“我也这么觉得。”她说。她目不转睛地盯着镜子看，似乎她掉了什么东西在那里。我不明白这有什么大不了的。在浴缸里看着她，我只觉得她这是徒劳。不过现在我能看到更多情绪在里面。她害怕。如果海琳晚上没有约会，她会变得有点疯狂。我心想，这可能跟约会的男孩子有很大的关系。在她心里，她经常会去一个地方，这里并非全部是窗户，正如她梦想的房子一样，四周都是镜子。一个女孩太注重她的脸，说明她处在苦恼中。我希望时间能够倒流，我会告诉她她很完美。让我更加恼火的是，整个晚上，她都待在浴室里，我不停地用东西盖住自己。我到底在隐藏什么？为什么不把手移开，让自己的姐姐看呢？

我向家门口靠近，但突然我改变了主意。我绕过那棵大橡树，走进凯文家的后院。我偷偷溜到后面。月光照射在露台上，形成了另外一幅完美的画面。不知何故，黑暗中事物显得更加重要。更何况，月亮是一个强大的擦亮器，你注意到了吗？莱德家的新泳池也很迷人。它的形状就像沙漏一样。水底下有一道模糊的亮光，让周围的一切看起来很美。水的颜色如同安娜眼睛的颜色。我把手伸进去，水很温暖。即便是冬天，凯文的爸爸也喜欢游泳。他是一名医生，所以他能够承担为泳池加热的费用。必须耗费一只胳膊一条腿，这是他爸爸的至理名言。

经过草坪，月亮滑到一块云后面，我愣住了。当它出来，我才继续行走。我是什么，我心想，难道是受月球控制的月亮机器人吗？我不禁笑了笑。我坚信，我会制作出一个伟大的姨妈出来。我会教她在所有无聊的人睡着之后，在草坪上如何玩月亮机器人。海琳会给她起什么名字呢？“你认为怎么样？”我姐姐说，我毫不犹豫。“皮瑞泽，”我说，“源自精灵。”

凯文卧室的窗户没有光。整个房子都是暗的。我心想，他是不是在床上想神秘人呢。我差点敲了他家的后门，但我不想碰到他的父母。为什么我不像电影里那样干坏事呢？我心想。于是我找来一块小石子，既安全，又能胜任这个工作。一开始，我丢到了窗户旁边的地方，第二次，我丢得刚刚好，砸坏了玻璃。月亮机器人愣住了，一道光从凯文房间里照射出来。突然，他穿着白色衬衫出现在窗户边上。

“玛蒂尔德？”他轻声冲我叫道，“你他妈的到底在干吗？”

“我也不想打坏它。”我说。

“嘘！”他说。

“你在睡觉吗？”

“安静点。”他说。他看起来很疑惑，像个瞎子。我把自己最罗密欧的笑容展现给他，但我并没有计划什么，虽然我可以。“美丽的太阳上升了，杀了好胜的月亮，它带着悲痛的心情，已经生病，苍白了，你疯狂的艺术远比她公平。这是我的夫人，噢！这是我的爱！”

“什么？”凯文说。

“没什么，”我说，“我爸爸会赔偿你这个玻璃的。”

他亲了亲他的手指，像一个愤怒的图书管理员。嘘！然后他指了指他自己和我。表示，他要下来。

灯光从他的房间照射出来，他花了很长时间来到后门。当他走出来，他只穿着一双拖鞋和一件蓝色皮质大衣。

“你刚才在睡觉吗？”我说，“还这么早。”

“不，不早了，”他说，“已经到了午夜了。”穿着蓝色皮质大衣说这样的话真的很滑稽，我忍不住笑了起来。我只是很高兴回家了。

“你没问题吧？”他轻声说道，“你家里出什么事了？”

我问他什么意思。他说那名警察。他之前看到一个警察在家里。我的心脏抽搐了一下，像一条离开水的鱼。我担心妈妈出事了。当我在火车上睡觉的时候，我梦到她被一条蛇咬了。同时，我开始担心自己用海琳的账号发给她的那封邮件。如果妈妈相信了里面的内容怎么办？她会试图跟踪我姐姐吗？即便要做一些可怕的事情？

“发生什么事了？”凯文重复了一遍。

“噢！没什么，”我说，“错误的警报。”

“那条狗，”我说，“我们以为有人给它吃了毒药，但它没事了。它只是吃了一些巧克力。”

凯文点点头，把拉链拉到脖子上。我不确定他是不是相信我。

“我们能去露台吗？”我说，“我只是……我真的想上去看看。”月光下，它看上去就像一个婚礼蛋糕，漂浮在山顶上，我不得不说，它的美令人震撼。“来吧。”我说。

“太冷了。”他说。

“感受一下我的手。”我说。我把手套取下来，他碰到了我的手指。

“它们已经麻木了。”我说。

“你在这儿干吗？”他说。

我想不到好的回答。

“噢！我有份礼物要送你。”我说。我跪在草坪上，开始翻我的背包。我取出纸袋。“很少，只是，我不知道，这令我想起……”不知为何，我说不出来“你”字。

“是什么？”他问我。

“吃的，”我说，“你可以吃。”

在回来的火车上，我突然发现黑鱼可能是给凯文最好的礼物。

“你从哪弄来的？”

“一家糖果店。”我告诉他说来话长。

他点点头，没有说谢谢。

“你可以不吃，”我说，“如果你不想的话，我并没有想毒害你。”

“哦，天啊，”我笑道，“我快要冻僵了。”

凯文转身看了看他家的房子。月光发出一丝噪声，是轰鸣声，可能是飞机或警用直升机。我懒得抬头看。

“我能上去吗？”我说。

我们沉寂了一会儿。

“就去取暖。”我说。

凯文突然对我包里的鱼感兴趣起来。他拿出一块，放到嘴里。“恶心。”他说。然后吐出来。

“我会很安静的，”我告诉他，“如果你是担心这个问题的话。”

凯文从嘴巴里吐出更多的鱼。他擦了擦脸。我能看出他在犹豫是否要让我进去。

“你会发出声音的，”他说，“你总不能不呼吸吧。”

“我不会。”

达成一个特种兵部队似的眼神交流协议之后，我们偷偷溜进去了。上楼踩到的都是丝绒地毯，没有任何唧唧喳喳的声音。我们经过走廊他父母的卧室。门没有完全关闭，他们躺在巨大的床上，就像一艘遇难船只。莱德夫人的手放在她先生毛茸茸的胸部。

凯文猛拉了我一下，于是我接着往前走。当我来到他房间，鱼缸的灯亮着，正如我经常想象的那样。“关上门。”我说。他照做了。

凯文想开灯，但我阻止了他。我告诉他鱼缸里的灯足够了。过一会儿，你的眼睛就会适应，这是一个很好的练习。对于那些充满灰尘和烟雾的倒霉日子。据说快要来临了。他们称之为永久的黑暗。我能够在墙上拼写出 A.S.T.O. 的标语。

“阿诺德·施瓦辛格从技术上来说，是很肥胖的。”我说，凯文笑了，正好打破了紧张的局面。我们都稍微调整了一下。说完鱼灯，再说“阿诺德·施瓦辛格从技术上来说，是很肥胖的”之类的话时，我们都觉得是不合逻辑的推论。但人们总认为这很有趣，即便你不是这个意思。

我告诉凯文，我想听听 A.S.T.O. 的歌。

“现在不行，”他说，“如果你想要，我给你制作一盘 CD。”

“太好了。”我说。我摘掉帽子，头发竟然起电。我假装刚刚有人打开电椅，但凯文对这个笑话并不感冒。他又扮演了邪恶的图书馆管理员。一旦我开始自己创作，我会放松一点。有时，跟自己同龄的人静静地说话也能让人冷静下来。

“你父母对你的头发有什么看法？”凯文说。

“他们很喜欢，”我说，“他们爱上这个发型了。”

“我就说。”他微笑着说道。

“我过去以为你快要用头发杀人。”我告诉他。

“伏都教。”他说。我说：“对。”

“这是真的。”他说。他告诉我他在奥秘和秘密频道看到的关于人们杀害山羊的场景。他们并非丧心病狂的人，只是需要血来扭转邪恶的咒语。

“你知道安娜的哥哥要回来了吗？”我说。

“挺好的。”他说。

我等着他问更多关于安娜的问题，但他没有。

“你真的要去吗？”我问他，“参军？”

“嗯，”他说，“但他们不会让我去的。”

我问他他父母是不是和平主义者。

“不是，”他说，“他们说参军这种事情会有人做。”

我想他是指穷人。

又一架飞机从天上飞过。这一次距离我们更近。我问凯文是否还记得那栋大楼，就是我们小时候待的地方。

“没什么印象，”他说，“不过我看了那个电影。”

我问他，那些人会不会制作一部电影，关于几个月前的最后一颗炸弹。

“肯定会，”他说，“死了那么多人。”

“谁会是主演？”我问道。但我们都无法决定是谁。那个有着蓝色眼睛的恐怖分子太喜欢自己了，很难找到他人来扮演。就是他们所说的不可模仿的人。我怀疑凯文晚上也会因为他做噩梦。

“你最近看过其他好看的电影吗？”我说。他说他喜欢城市遭到天使突然来袭的那部电影，只是你会发现，这些就像电脑病毒，使大家妄想着不切实际的一切。我问他天使长什么样，他说一开始，他们有美丽的白色羽毛，但接着就会变成黑色、绿色，甚至金属色。

“恐怖吗？”

“有一点，”他说，“有些内容很恐怖。”

“我害怕回家。”我说。假装有天使在烦扰我。

“最后他们消灭了天使，”他说，“然后所有人都醒了。”

“你介意我钻到你被子下面吗？”我说，“我还是很冷。”

凯文没说话。他转身去喂鱼。在他转身时，我脱掉外套，拉下床罩。被单没有花纹，浅蓝色。

凯文把鱼食丢下去，“我应该，我应该把门锁上。”

“你已经锁了。”我告诉他。

他慢慢地向床靠近，他情不自禁。他碰了碰我的手。“哦！”他说，“你的确很冷。”

“我发烧了吗？”我说，他把另外一只手放在我的额头。我们这样的姿势保持了很长时间。

“我觉得没有。”他最后说道。

当他爬上来，我向里面挪了挪。一开始，我们只是肩并肩各自躺着。然后我转向他，把脸贴在他的脖子上。他身上有股蜡笔的味道。终于，他的手要触碰我的胸部了，只是停留在海琳裙子的外面。他没有紧紧握着它，只是把手掌放在那里，轻轻压了一下。仿佛他在防止我的心脏跳出来。或者像《射程》中的医生偶尔必须把手放在中枪的伤口上一样。

当我触碰到凯文的肚子，他发出了轻轻的声音，像一个女孩子。

“我不想怀孕。”我说。

“我们可以什么都不做。”他说。他看上去如释重负。

“我不想伤害你，”他说，“我们可以只睡觉。”

“他们会进来吗？”我问他，“早上。”

“不会，”他说，“他们从来不进来。”

凯文站起来，把衣服都脱了。很有趣，他的整个身体在黑暗中看起来是蓝色的，不仅仅是他的头发。

我又想起了克利须那神，他对众生无法抵抗的同情。当我们回到被子里面，我又把脸贴向凯文的脖子。我亲吻它，他又发出女孩子的叫声。我想，鱼现在应该也在洞里面睡觉吧。鱼有着很好玩的习惯。我怀疑它们会坠入爱河。或许不会。或许对于它们而言，只有生物冲动。但谁知道呢？我们又不是鱼，我们永远不知道什么会让它们开心，什么会令它们悲伤。我们永远不知道一条鱼的思维故事。一百万年之内都不会知道。

43

当我醒来，外面的光线有点奇怪，白得不正常。它从破碎的窗户照射进来，令我毛骨悚然。凯文还在睡觉，我小心翼翼地从床上爬起来。我知道一定发生了很可怕的事情。周围出奇的安静。我脑海里闪入的第一个念头就是恐怖事件，原子弹爆炸后产生的白色光束或者街道上充满毒气或烟雾。但等我走到窗户边上，发现外面在下雪。雪！我简直不敢相信自己的眼睛。噢，天啊，雪下来的方式。似乎它在睡觉。

我仍然赤裸着身体，等我穿好衣服，我把凯文的衣服套在了自己身上。我不能再穿那件黄色裙子了。不过我还是拿上了它，我偷偷溜出房间，走到走廊，下楼，直接冲入厨房，像一头小鹿一样从后门走了出来。如果我想，真的可以非常优美。

外面，到处都是白茫茫的一片。雪一定下了不止一个小时了。太阳还没有完全升起来，不过你已经能感觉到它藏在山后面。雪花融化在泳池中。我看向自家的房屋，向上帝祈祷。

接着，我跑到树林中。寻找古老的城堡，但是连它的影子都没看到。我知道它在哪儿，我跪在地上，拼命地挖，一开始用手，接着用一根树枝。底下的泥土越来越暖和。我不停地挖，等我停下来，我甚至不知道自己在干什么。然后我看到了自己的杰作，我挖了一个洞。虽然不大，但能够装下一条小狗，或者一个婴儿。或许是一件黄色裙子。我轻轻地叠好，叠平整，然后放到洞里面。埋了它，一个声音说道："这又不是你的。"是观察者，我知道我完全相信他们。我用雪、泥土和树叶盖住裙子，然后把挖洞的树枝插在地上，作为标记。尽管这个墓穴不怎么样，但至少结束了。一只黑色鸟儿飞过，没有投下阴影。这是一个倒影。

我知道我妈妈死了。我站起来，拍掉身上的脏物。雪覆盖了所有的痕迹，仿佛我从未来过这里。似乎我从未出生。这个时候，树叶凋零，你直接透过树木看到房屋。我缓慢地回到那里。厨房的灯依然亮着。我想，我该对爸爸说什么呢。我要怎么帮他？可怜的爸爸。我知道他最后一定会给我做一个三明治。这就是他。但是当我看向窗户，爸爸不在。妈妈在那儿。她坐在她以前的位置，抽着烟。她周围似乎环绕着桥和龙。

起初，我并不相信是她在厨房，而是别的什么人，但越来越像是她。她的脸是白色的。一定是雪落在她脸上了。

她的头发盘起来，绑成了一个马尾状。她看上去简直就像个小女孩。海琳二十六岁时，我四十六。这样她又像几岁呢？我极度烦躁，无法计算。她不停地抽着烟，我心想，她为什么没有看到我。难道她在等我递给她一个苹果吗？如果再不看我，我就要变成一个雪人了。我会消失。我还要在这个房子里面住多久呢？或许是五年。最多五年。这段时间不长。妈妈。

我几乎叫不出这个词，但这么冷的天，我的嘴巴快要冒烟了。妈妈抬头看，嘴巴里也吐出一些烟雾。隔着中间的玻璃，似乎在照镜子。你将来是什么样子，这里面就会呈现什么样子。妈妈看到了什么，我也看到了什么。白色烟雾在我们的脸上萦绕，然后融化掉。

妈妈的手慢慢地举起来。这是她身体唯一动了的地方。当我走进去，我一开始跟她保持距离。我没有问她去哪儿了，她也没有问我。我什么都没说，因为我不想说错话，让一切又重来。她整晚都在等我吗？我心想。自从她听到电话里传去的火车声？是因为这个，她才回家的吗？

我没有说对不起。我跪在她面前，将头埋在她双腿中间。这是一个很可怕的行为，但我情不自禁。妈妈没有碰我。她也没有把我推开。等我抬头看她，她在哭。无论怎样，这已经不再是"悲痛的号叫"。但仔细想想，"悲痛的号叫"其实并不是她的风格。

她只是落了几滴泪，似乎从脸上掉下来的是钻石。我心想，应该把它们都收集起来。然后放到一个蓝色盒子里面，就像她放结婚戒指的盒子。

我又感觉到自己像是魔术大王霍迪尼的助理。或许她就是我来这里需要拯救的人吧。或许这就是为什么它们派我来到这里。

我不管她是否跟我讲她的秘密。我也不会告诉她我的事情。关于H和路易斯，还有那个婴儿。我会自己保留那个孩子。给自己。

每个人都有两种生活。与人相处的生活，和自己的秘密生活。鱼的生活。我怀疑爸爸在楼上睡觉，梦到死人。

我把头压向妈妈的腹部。然后，她碰了碰我的头。以后她死的时候，我会在那儿。我已经计划好了一切。我会待在她的床边。“你爸爸呢？”她会问我，但他已经去世了。那里只有我们俩。我会拍拍她的手臂，端起一杯水递向她的嘴巴，但她不喝。而是看着我的脸。

“你是谁？”这是她的一个重大疑问。

“妈妈，是我。”我会说，“是你的女儿。”我不会告诉她我的名字。这应该由她自己来判断。或者她最后能拥有我们两个人，如果她想。

我站起来，妈妈看着我点点头，我也点点头。我们似乎达成了什么协议。只是我不知道是什么内容。

无论你想要什么，妈妈，答案都是没问题。是的妈妈，直到生命结束。

那棵“树”告诉我，我不应该这样想问题。我不应该想象着爸爸和妈妈的最后时刻或者死亡，或者无法呼吸。他将其称为忧郁的想法。但如果这种想法击中了他的屁股，他不会知道这是什么。他是一个老人，他是在那样的环境下成长：全世界的人都吃火鸡大餐，在月光下散步。

但现在时代不同了。他不能拿他的童年跟我的比。我见识过很多东西了。我们都有，凯文、安娜和我。而且以后我们都会坚持到未来。我们是与众不同的。我们不是你。

但是，请看看我，好吗？这是我唯一的请求。请看看我。

因为没有人知道会发生什么。即使是她。未来是最大的秘密。那么忙碌是什么？或许当有人把手放在你的肩膀上说“停”不是什么坏事，你会停吗？

致谢

我要谢谢以下这些人，提供了宝贵的援助：科特尼·霍德尔、大卫·麦考密克、P. J. 马克、胡诺·莫洛伊、林恩·弗里德、奥尔登·伯德斯、马克·克罗托夫、桑德拉·拉肯鲍尔、米歇尔·康韦、卡森·李以及克里斯·如士。

能够有这么充裕的时间和这么美丽的地方创作这本书，我非常感谢 Bogliasco 基金会和卡马乔基金会。

V. L.

版权登记号：01-2011-3010

图书在版编目(CIP)数据

月亮也厌弃的墓地 /（美）洛达托著；龙淑珍译. —北京：现代出版社，2015.11

ISBN 978-7-5143-4080-8

Ⅰ. ①月… Ⅱ. ①洛… ②龙… Ⅲ. ①长篇小说—美国—当代 Ⅳ. ①I712.45

中国版本图书馆CIP数据核字（2015）第265045号

月亮也厌弃的墓地 Mathilda Savitch

作　　者 ［美］维克托·洛达托（Victor lodato） 著
译　　者 龙淑珍
责任编辑 崔晓燕
出版发行 现代出版社
通讯地址 北京市安定门外安华里504号
邮政编码 100011
电　　话 010-64267325　64245264（传真）
网　　址 www.1980xd.com
电子邮箱 xiandai@vip.sina.com
印　　刷 三河市南阳印刷有限公司
开　　本 890mm × 1240mm　1/32
印　　张 9.75
版　　次 2015年11月第1版　2015年11月第1次印刷
书　　号 ISBN 978-7-5143-4080-8
定　　价 35.00元
